ZOMERHITTE

beauty is a shell
from the sea
where she rules triumphant
till love has had its way with her

William Carlos Williams

Jan Wolkers
Zomer hitte

Een uitgave van de Stichting CPNB ter gelegenheid van de Boekenweek 2005

Stichting Collectieve Propaganda van het Nederlandse Boek

Dit Boekenweekgeschenk wordt u aangeboden
door uw boekverkoper

Copyright © 2005 Jan Wolkers
Productie uitgeverij De Bezige Bij
Vormgeving omslag en binnenwerk Marlous Bervoets
Omslagfoto Pieter Paul Koster
Druk Koninklijke Wöhrmann, Zutphen
NUR 301
ISBN 90 5965012 3
Dit boek is gedrukt op 100% chloorvrij geproduceerd papier

ZOMERHITTE

Aan het strand vind je soms een door de vloed achtergelaten aantal voorwerpen dat zo perfect van compositie en kleur is dat je onwillekeurig opkijkt of je in de verte niet de schim van Kandinsky ziet wegschuifelen. Verwonderd vraag je je af hoe een paar golfslagen zo'n als vuurwerk explorerend stilleven daar neer hebben kunnen werpen. Een blauwe plastic deksel, een halfvergaan stuk verrafeld oranje vissersnet, een geel brok hout, pokdalig van stookolie en vraat van paalwormen, en een handvol schelpen en zilveren visjes. Als je schilder was zou je de neiging hebben om alles precies zo op een stuk spaanplaat te bevestigen. Het vreemde is dat als je er een eindje vandaan loopt je er niets meer van ziet. De compositie en de kleuren zijn verdwenen. Alles heeft de kleur van het zand.

Ruim twintig jaar geleden kwam ik voor het eerst op dit eiland. Onder de konijnen heerste toen myxomatose, zo vernietigend als de builenpest in vroeger tijden onder de mensheid. De zwarte dood. Van een tijdschrift voor natuuronderzoek had ik de opdracht gekregen om er een fotoreportage over te maken. Een gemakkelijker opdracht had ik niet kunnen krijgen. Als je roerdompen moet fotograferen moet je zelf bijna een roerdomp worden. Het zijn de schuwste vogels die ik ken. Dagenlang zit je in een schuilhut in het moeras, bedekt jezelf met planten, wordt een gestalte van riet, gelijkvormig met je omgeving. Voor die doodzieke konijnen kon je je telelens thuislaten. Versuft zaten ze als grote hompen schimmel tussen de helm, met waterig opgezwollen koppen. Ze leken verzonken in boeddhistische berusting. De herinnering aan het zijn of niet-zijn scheen vervluchtigd. Als ik ze gefotografeerd had sloeg ik ze dood met een stuk hout. Niet om ze uit hun lijden te helpen, dat leek er niet te zijn, maar om de meeuwen die op de duintoppen stonden te wachten tot ik zou weggaan. Dan zou er een gruwelijke slachtpartij volgen. Door de scherpe snavels zou het dier levend aan stukken gescheurd worden. Eerst werden de oogkassen leeggepikt, daarna werd de buikwand opengereten. Slierten darmen werden als elastiek naar buiten getrokken en het levende kadaver verdween in een wolk van klapperende vleugels en gekrijs.

Sinds die eerste keer ben ik zo van het eiland gaan houden, dat ik er ieder voorjaar en iedere herfst veertien dagen heen ging. Ik huurde een stenen huisje aan de voet van de duinen, dat bijna onzichtbaar was door de oude vlieren die eromheen groeiden. Brokkelig geboomte waarvan de ruwe bast bedekt was met levermossen en judasoren. Een uitgelezen plaats voor een gruwelsprookje. Onder een afdak van aangespoeld wrakhout aan de achterzijde kon ik mijn terreinwagen precies kwijt. In het huisje rook het naar roestig landbouwgereedschap dat er vroeger opgeslagen had gestaan. De eigenaar, net als de bomen om zijn boerderij gekromd door de zeewind, had er een keukenblok in laten plaatsen met een kooktoestel op butagas en er was een gammele douchecabine. Er stond een tweepersoonsbed waarvan de springbak zo slap was dat je het idee had dat je in een hangmat lag. Ik prees me gelukkig dat ik nooit de neiging had gehad om een vriendin mee te nemen. Je zou samengeknepen worden tot een onhandig vleesgewoel. Trouwens, het fotograferen van vogels is het eenzaamste beroep ter wereld. Je kunt er geen vrouw bij gebruiken tegen wie je bijna constant moet praten om te laten merken dat je van haar aanwezigheid op de hoogte bent. De enige met wie ik wel eens sprak was de eigenaar, als ik over het zandpad langs zijn boerderij kwam. Meestal ging het over de televisie. 'Wat ik gisteravond weer gezien heb. Ze hadden meer uit dan aan. Sodom en Gomorra. Het moest verboden worden!' Als ik opmerkte dat hij toch de televisie uit kon doen, keek hij me slim onnozel aan en zei, 'Dan had ik niet geweten dat het verboden had moeten worden.'

Vorig voorjaar, toen ik weer in het stenen huisje logeerde, ging ik op een bijna zomerswarme meidag vroeg op pad om morieljes te fotograferen. Van een culinair maandblad had ik de opdracht gekregen om die zeldzame lekkernij zo aantrekkelijk mogelijk in beeld te brengen. Morieljes zijn voorjaarspaddestoelen. Het zijn net sponsjes op een steel die veel weg heeft van een door een hond met scherpe tanden afgeknaagd stuk bot. Vroeger waren ze hier talrijk, maar sinds liefhebbers ze ontdekt hebben zijn ze bijna uitgeroeid. Ook nu kon ik er geen een ontdekken. Toen ik naar de rand van de duinen liep om over zee uit te kijken zag ik dat ik zo ver was gelopen dat ik bij het naaktstrand was gekomen. Zo hier en daar verspreid lagen wat zonaanbidders, maar je had moeite om ze te ontdekken. De mensen uit het Westen zijn niet uit klei maar uit zand geschapen.

Ineens stond er niet ver van mij af een jonge vrouw op die ik nog niet had waargenomen. Ik drukte me zo plat mogelijk in de helm en keek door mijn telelens. Ik zag de korrels zand op haar billen en rug zitten, alsof ze van wellustig schuurpapier gevouwen was. Toen draaide ze zich om en haalde haar vingers door haar blonde haren omhoog en keek mijn kant op. Ze had haar schaamhaar afgeschoren maar in haar oksels zaten mooie duistere plukken haar, zodat ik aan een gedicht moest denken dat ik pas gelezen had over Artemis die haar boog spant. 'Geen ladyshave, Vleermuizen slapen in haar oksels.' Ik deed mijn fototoestel in mijn tas en liep naar beneden het strand op. Het mulle zand was heet aan mijn voetzolen. Toen ik langs haar kwam keek ze me guitig aan en zei een beetje treiterig, 'Heb je me lekker liggen fotograferen.'

'Ik vergat gewoon af te drukken toen ik dat okselhaar van je zag. Dat zie je bijna niet meer.'

'Je bent niet de eerste die daarvan ondersteboven raakt.'

'Ik vind het juist aangenaam om te zien. Zeer bijzonder,' zei ik lachend. 'Schilderachtig. Als fotograaf geniet je daarvan.'

'Ik voel me bewonderd,' zei ze spottend. 'Ze roepen wel eens naar me, "Zou je je niet eens scheren." En dan hebben ze zelf zoveel haar op hun smoel als een marmot.'

Ze ging zitten terwijl ze zei, 'En als je het even niet bijhoudt zit je met een stoppelbaard onder je armen. Dat is dan zeker wel esthetisch verantwoord.'

Ik zette mijn tas neer en vroeg of ze het goed vond als ik even bij haar kwam zitten.

Onderzoekend liet ze haar blik langs mijn kleren gaan. 'Dit is het naaktstrand, hoor,' zei ze.

'Dat wil toch niet zeggen dat het verboden is om je hier gekleed op te houden.'

'Dat zou eigenlijk wel moeten.'

Terwijl ik mijn kleren uitdeed zei ik, 'Dit is voor het eerst dat een vrouw mij dwingt me uit te kleden.'

'Ik heb niks gezegd. Maar je kunt best wat zon gebruiken. Je bent te wit. Vooral met dat haar op je lijf.'

Ik ging naast haar liggen en vroeg wat ze deed. Ze zei dat ze een paar jaar geschiedenis had gestudeerd en dat ze nu op het eiland was om geld te verdienen. Van de vroege avond tot diep in de nacht stond ze achter de bar bij disco Het Dorstige Hert.

Ineens vroeg ik haar, 'Wanneer was de slag bij Hastings?'

'Duizendzesenzestig,' zei ze. 'Wie vraagt dat nu op het naaktstrand. Wil je me soms testen?'

'Ik moest eraan denken toen ik daarnet door de helm liep. Al die scherpe punten die door je broekspijpen in je enkels steken. Een Amerikaans dichter heeft geschreven, "Brothers, more beaks of birds than needles in, The fathoms of the Bayeux Tapestry." Heb je het tapijt van Bayeux wel eens gezien?'

'Ik ken het van reproducties.'

'Jaren geleden heb ik er een fotoreportage over gemaakt, en nog steeds heb ik er beelden van onthouden. Als Harold met zijn schildknaap met van die akelig blote beentjes door de golven naar het schip loopt dat hem naar Normandië moet varen. Dan hebben ze allebei een hond onder hun arm. Dat ziet er zo lieflijk uit. Net of ze uit het dierenasiel komen en zich van een trouwe viervoeter hebben voorzien. En later, als Harold sneuvelt omdat hij een pijl in zijn oog krijgt... gruwelijk. Het is eigenlijk een geborduurd stripverhaal vol doodslag. Je hoort de zwaarden tegen de maliënkolders ketsen.'

'Het is nu nog net zo als duizend jaar geleden, hoor. Weet je dat ik nooit de televisie aan heb als ik zit te eten. De bloederige lichaamsdelen vliegen bijna je bord op. Ze hoeven bij mij niet aan te komen met praatjes dat het vroeger allemaal zo barbaars was. Vierendelen, brandstapels, je darmen even gezellig uit je lichaam draaien. . . Tegenwoordig gooien ze kinderen onder de napalm of ze blazen je met z'n veertigen tegelijk op als je even met de bus boodschappen denkt te gaan doen. Of ze rijden elkaar tot snert op de snelweg. Trouwens, het afnemen van wangslijm vind ik weerzinwekkender dan wanneer je gedwongen wordt iemand te pijpen.' Ze begon schril te lachen en zei, 'Dat was weer een behoorlijk patatje oorlog.'

'Je zit hier in ieder geval vredig omringd door zee.'

'Dat zou wel eens behoorlijk tegen kunnen vallen.'

'Hoezo?'

'Je moet nooit te veel weten. Wat je niet weet bestaat niet.'

Ze sloot haar ogen en hief haar gezicht op naar de zon alsof ze zich wilde laten zegenen. 'Als kind dacht ik dat je geel en groen bloed in de aderen van je oogleden had, omdat je zo het licht erdoorheen ziet. Ik vroeg me dan wel eens af wat er zou gebeuren als de aarde ineens stil zou staan.'

'Als de aarde stilstaat dondert de hele boel in elkaar. Precies zoals bij een uurwerk. Als één radertje het begeeft houdt de tijd op te bestaan.'

'Een beetje griezelige gedachte.' Ze haalde haar horloge uit haar elegante rugzakje en keek erop. 'Ik moet aan het werk,' zei ze. 'Van de frisse zeelucht de bierwalm in. Mijn fiets staat bij de strandtent.'

Met haar hemd veegde ze het zand van haar onderlichaam, en zonder een slipje aan te doen gleed ze soepel in een gebleekte spijkerbroek die zoveel rafels aan de onderkant van de pijpen had dat het leek of haar gebruinde voeten kleine pelsdieren waren. De donkerrode lak op haar teennagels was afgesleten. Zo hier en daar zat nog een kersenvelletje.

'Vind je het goed als ik even met je meeloop,' vroeg ik.

'Dan moet je je wel snel aankleden. Ik moet nog douchen. Anders sta ik de hele nacht achter de bar te kriebelen. Ik heb een kamer boven dat textielwinkeltje in de dorpsstraat. Best aardig. Je kijkt zo in de ruzies van chagrijnige toeristen.'

Ik schoot snel in mijn kleren en liep achter haar aan. Ze zag er struis en gewelfd uit in die spijkerbroek. Het stevige vlees van haar achterwerk kreeg er nog meer reliëf door.

'Doe je veel aan sport?'

'Jaren heb ik gejudood. Ik doe nu aan kickboksen. Van die meiden die te veel aan krachttraining doen voor hun lazer schoppen.'

'Vallen die kerels in de disco je niet lastig?'

'Die zuipen en zwetsen alleen maar. Er komt geen zinnig woord uit. Allemaal een bierpens. Ze kunnen er niet eens bij. Het enige dat ze nog gemakkelijk afgaat is urineren.'

Toen we in de friteswalm van de strandtent kwamen deed ze een paars hemdje aan om, zoals ze zei, commentaar te voorkomen.

'Ze mogen van mij gerust zeggen, "Meid, wat heb je een mooi stel borsten," of tieten voor mijn part. Maar het is altijd, "Zal ik ze voor je dragen" of "Pas op dat ze er niet af vallen." En dat zijn dan getrouwde kerels die even hun gezin in de zandkuil hebben achtergelaten en in een groepje zijn gaan handballen. Als ze alleen zijn durven ze niet eens te kijken. Stelletje laffe honden.'

Toen we bij haar fiets kwamen deed ze haar rugzakje onder de snelbinders op de bagagedrager en keek me aan of ze afscheid wilde nemen.

'Hoe heet je,' vroeg ik.

'Kathleen. Onze grootmoeders hebben nogal gerommeld met de Canadese soldaten na de bevrijding. De mijne heette gewoon Kaatje. Maar de soldaten noemden haar Kathleen. Zo is die naam in de familie gekomen.'

'Beter dan Kaatje.'

'Dat zou ik wel denken.'

Ik haalde mijn fototoestel uit mijn tas en vroeg of ik haar mocht fotograferen.

'Je hebt toch al een foto van mij genomen,' zei ze schalks.

'Je denkt toch niet dat ik stiekem naakte dames ga fotograferen,' zei ik lachend. 'Ik keek alleen maar naar je door mijn telelens.'

'Kijken is ook fotograferen,' zei ze.

'Ik had het niet beter kunnen zeggen.'

'Neem maar even,' zei ze en schudde haar lange blonde haren op.

Terwijl ik een paar foto's maakte speurde ik haar gezicht af. Een landschap van gebruind vlees waarop zand, dat aan haar huid kleefde, donzigheid bracht. Ik zag dat ze haar lippen natgemaakt had. Ze glommen als bloembladen met dauw. Is ze een duivelin of een eigengereide meid met verstand, dacht ik. Ze leek onneembaar.

Toen ik haar verteld had waar ik huisde en vroeg of ze na haar werk nog wat kwam drinken zei ze, 'Dan ben ik volkomen uitgeput en dan zou ik midden in de nacht helemaal naar die negorij van je moeten fietsen. Dat is me toch echt te veel.'

'Ik heb een ouwe terreinwagen, daarmee kan ik je komen halen.'

'Je ziet maar,' zei ze en fietste weg zonder om te kijken.

Ik bleef haar nakijken zoals ze flitsend over het asfalt van de duinweg reed tot ze tussen de stammen van de dennen verdween.

Op de terugweg door de duinen ontdekte ik toch nog een groepje morieljes die door het strijklicht van de avond een grillig reliëf kregen zodat het gedrochtjes leken die in een film over aliens niet zouden misstaan. Vooral als je erbij op je buik ging liggen om ze van onderop te fotograferen. Dan leken het inderdaad wezens van een andere planeet. Knotsmannen die zo buitensporig van hersens waren voorzien dat er voor zintuigen geen plaats was overgebleven. Ik vroeg me alleen af of zulke foto's waarop een lekkernij zo dramatisch verlicht werd wel geschikt waren als reclame voor een bezoek aan een restaurant. Niet aanlokkelijk. Een portie giftige kwaadheid. Ik nam me voor om ze morgen bij daglicht nog eens te fotograferen. Maar ineens, alsof ik slaapwandelde, was ik ze allemaal aan het wegplukken. Terwijl ik ze in mijn tas stopte, dacht ik, wat is dat nou voor een vreemde dwanghandeling. Ik had nog nooit iets uit de natuur dat zeldzaam of beschermd was, meegenomen. Ineens schoot de naam Kathleen door me heen. Voor haar had ik het gedaan. Als ik haar mee kreeg vannacht wilde ik haar op iets anders trakteren dan de kroketten gevuld met een brij van slachtafval die de keuken van Het Dorstige Hert de klanten voorschotelde. Ik zou de morieljes thuis ettelijke keren in water onderdompelen om het zand eruit te spoelen, anders at je gekookt schuurpapier. Ik had eens in Parijs op een huishoudbeurs bij een culinaire stand een bakje van bladerdeeg ter keuring aangeboden gekregen met een hapje gesmoorde morieljes erin overdekt met gekruide crème fraîche. De smaak daarvan was ik nooit vergeten.

Thuis waste ik de morieljes uitgebreid. Ik moest wel tien keer het water verversen tot er geen zand meer op de bodem van het teiltje achterbleef. Daarna liet ik ze in een vergiet uitlekken. Ze bleven op foetussen lijken van een bedenkelijk soort.

Dank zij het toerisme bleven de winkels op het eiland tot negen uur open. Ik haalde mijn terreinwagen onder het afdak vandaan dat bedekt was met een camouflagenet en reed naar het dorp om inkopen te doen.

Ik ben nog nooit een kroeg of disco binnengekomen waar niet een kentekenplaat van Alaska hing en een affiche van een stierengevecht. Kathleen stond achter de bar met nog twee meisjes, die zo op het eerste gezicht tot de orde der lellebellen behoorden. Ze zag er vermoeid uit. Of alle levenslust die ze in het zilte zonlicht opgedaan had met de walm van bier, zweet en rook verdwenen was. Ze was in gesprek met een lange gebruinde man die zo oud en tanig was dat hij op de mummie van een farao leek. Toen ik door de zwalkende meute naar de bar liep, verwijderde hij zich.

'Wat kan ik voor je betekenen,' zei ze spottend.

'Doe mij maar een malt whisky,' zei ik in stijl.

Toen ik met mijn glas een beetje stond rond te kijken kwam er een gedrongen viking op mij af die me bijna tackelde. Hij snauwde iets naar me dat ik met moeite kon vertalen als, 'Jij hoort hier niet.'

'Laat die man met rust,' zei Kathleen. Toen hij toch door bleef gaan met tegen me aan te duwen, schreeuwde ze, 'Ik sodemieter je er direct persoonlijk uit!'

De man trok zijn wollen muts nog dieper over zijn voorhoofd en wankelde weg.

'Als je hier whisky drinkt in plaats van bier ben je in hun

ogen een absolute nerd.'

'Hij is kennelijk bang voor een kickboksende Venus.'

'Als de tent dichtgaat staat hij vaak op me te wachten. Scharrelt zo'n beetje schuw achter me aan tot ik op de fiets wegrijd. Je zou hem gerust een engerd kunnen noemen.'

Toen de discomuziek aanzwol was er geen gesprek meer mogelijk. Ik probeerde nog wat tegen haar te schreeuwen, maar ze haalde haar schouders op en ging bierglazen vullen. Even bleef ik kijken hoe ze het opbollende schuim met een spatel van de glazen streek, toen liep ik met mijn glas naar een tafeltje tegen de muur. Net op tijd, want er kwam een nummer waarop iedereen ging dansen en luidruchtig meezingen met zwaaiende armen. Er was geen doorkomen meer aan. Het was een muur van bewegende navels en spijkerbroeken. Er werd nogal boers gedanst, knurftig. Alsof de sint-vitusdans weer had toegeslagen. In de rondzwaaiende fel oranje en groene discoverlichting kreeg het een groteske uitstraling. Dansen om het gouden kalf.

Toen het nummer afgelopen was plofte er een overmollige meid op de stoel naast me, met zoveel geweld dat ik de stoelpoten hoorde kraken. Ik rook haar bezwete lichaam. Een geur van cake en bloed.

'Dat was even lekker,' zei ze genotvol en veegde haar te rood geverfde haar van haar bezwete voorhoofd. 'Moest jij niet dansen?'

'Ik behoor meer tot het rustige type.'

'Saai dus.'

'Zo zou je het kunnen noemen. Ik kijk liever dan dat ik meedoe.'

'Dan ben je zeker niet van hier.'

'Nee.'

'Wat kom je hier dan doen?'

'Ik ben fotograaf.'

'Van een seksblad,' vroeg ze verlekkerd.

'Nee, van vogels. Het liefdesleven van vogels is vaak opwindender dan dat van de mens. Als je ziet wat die allemaal voor capriolen uithalen.'

'Ik heb wel eens een stier bezig gezien. Daar word je echt

hartstikke geil van. Vreemd eigenlijk.'

Ze boog zich naar me toe en keek me met haar harde ogen dwingend aan.

'Zal ik je even op de wc aftrekken?'

'Dat zou al de derde keer zijn vanavond,' zei ik met een grijns. 'Ik houd het even rustig als je het niet erg vindt.'

'Dan ga ik maar een biertje halen,' zei ze en schommelde de kant van de bar op.

Terwijl ik haar nakeek en zag hoe een man haar bij het passeren met zijn volle hand een klap op haar kont gaf en haar meetroonde naar de bar, dacht ik bijna hardop, 'Wat kan je soms verlangen naar de kuisheid van de Venus van Milo. O shame, where is thy blush?'

Toen het sluitingstijd was, de verloederde muziek verstomde en het licht boven de bar uitging, stroomden de bezoekers gedwee als schapen naar buiten. De meesten waren volkomen lam. Het leken geesten of schimmen die onzeker rondtastten. Als ze probeerden te praten stootten ze grommende dierengeluiden uit met hoge uithalen de nachtlucht in. Ik keek of ik Kathleen zag, maar ze was waarschijnlijk achter, zich aan het ontdoen van de rookaanslag en de bierwalm. Ik had haar zelf niet zien drinken of roken. Een koele prinses in een wereld van waanzin. Nou ja, bij de uitstorting van de heilige geest gingen ze ook behoorlijk uit hun dak. Je kon bij wijze van spreken bij iedereen je sigaret aansteken zonder dat je om een vuurtje hoefde te vragen.

Ik liet me door de zwetende massa naar buiten woelen en ging tegen mijn terreinwagen geleund staan wachten of ik Kathleen zou zien verschijnen. In het spaarzame licht van een paar snoeren met gekleurde lampjes stonden bijna alle mannelijke bezoekers te urineren. Het zweet sloeg als mistvlagen van ze af. Vlakbij wilde een man een jong meisje gaan kussen, maar ineens boog hij langs haar lichaam opzij en kotste naast haar voeten op de grond. Hij kwam overeind en zonder zelfs zijn mond af te vegen ging hij haar intens zoenen.

'Zag u dat,' zei een oudere man die het portier van de auto naast mij opende. 'En zal ik u eens vertellen hoe dat komt. Dat ze zo gek worden dat ze in elkaars bevuilde mondholte tongzoenen. Ja, in de eerste plaats door de pillen en de drank. Maar dat ze niet kotsmisselijk worden van braaksel. Dat komt door al die bakjes met salades die je tegenwoordig in de supermarkt kunt kopen. Kant-en-klaar, zogezegd. Die zijn zo ongezond smerig en zuur. Daar smelten je tanden van weg. Ze zijn niet anders gewend.' Hij lachte krakerig en vervolgde, 'Ik ben een studie aan het schrijven over de levensgewoonten van de moderne mens. Nou, dat is een mestvaalt. Lawaai en gekronkel. Het wekt de indruk alsof ze voor het einde der tijden, zoals ze dat noemen, voorgoed uit hun bol willen gaan. Daar moet je buiten blijven. Dan kan je al dat overspannen gedoe een beetje aanschouwelijk bekijken.'

Hij keek omhoog naar de machtige kruinen van de dennen die hun rode gloed verloren toen de lichtreclames en het in neon geschreven Discobar en dancing Het Dorstige Hert uitgingen. Je hoorde ineens de zee weer ruisen.

'Bent u van het eiland,' vroeg ik.

Hij viel quasi woedend uit, 'Geen denken aan! Ziet u niet dat ik een wereldburger ben, meneer. Ik ken alle hoofdsteden van Europa. Jarenlang ben ik de chauffeur geweest van een schatrijke dame. Ik zie u al denken, ha, een gigolo-baantje. Die gedachte heb ik zelfs nooit gekoesterd. Het was altijd Job en mevrouw. En dat Job met respect uitgesproken. Ze heeft me nooit het gevoel gegeven dat ik een soort halve slaaf of voetveeg was. Als ik haar in de namiddag naar een restaurant op de Promenade des Anglais bracht, of naar de opera of de een of andere toneelvoorstelling, had ik tot middernacht de auto tot mijn beschikking. Dat was puur genieten als je met een Rolls Royce langs al dat bordkarton zoefde. Ze zei altijd, democratie is voor kikkers. Wie het eerst hapt heeft het. Ik heb niets tegen kikkers, als ze maar in de sloot blijven waar ze thuishoren. Na twintig jaar zwerven had ze er genoeg van. Kocht ze een appartement in Nice in een verzorgingsflat. Ja, voor miljonairs hoor. Je kon kaviaar krijgen bij het ontbijt als je dat wenste. Voor mij was het toen afgelopen want er stonden dag en nacht drie limousines met chauffeur klaar voor de bewoners. Ik kreeg een fikse toelage en als een soort toegift schonk ze mij de Rolls. Echt groots.'

Hij haalde een sigarettenetui uit de binnenzak van zijn colbertjasje en bood me een sigaret aan. Toen ik zei dat ik niet rookte stak hij er zelf een op. Hij inhaleerde diep en blies de rook genotvol de nachtlucht in.

'Ik terug naar Nederland. De Rolls heb ik verkocht want daar kon ik ook nog eens een paar jaar op teren. Toen ik me in het maatschappelijke leven begaf kreeg ik een behoorlijke opduvel. U en uw, daar schenen ze nooit van gehoord te hebben. Het was maar jijen en jouwen of iedereen naaste familie van elkaar was. Fransen zullen nooit tutoyeren. Ja, misschien als je ze je hele leven kent. Of op hun sterfbed. Dan willen ze de etiquette wel eens minder in acht nemen.' Hij grijnsde even en vervolgde, 'Ik dacht, wat is er verdomme met dit land gebeurd in die twintig jaar. De kappers leken uitgestorven. Bijna iedereen had zijn haar slonzig op zijn schouders hangen alsof ze figuranten waren in een piratenfilm. Ik zat op het terras in Scheveningen en dacht, ik ga eens langs de branding kuieren. Nou moet ik zeggen, ik was toen wel heel wat jonger dan nu. Maar flitsend in het pak want ze liet me mijn kostuums altijd bij de beste Londense kleermakers aanmeten. Ik wandelde het strand op, komen er zo'n paar wichten van een jaar of zeventien naast me lopen. Vragen ze, alsof het om een vuurtje gaat, "Mogen we je pik even zien?" Ik wist niet hoe ik het had. Ik bloosde zelfs. Wat ik gezegd heb, weet ik goddank niet meer. En nu schei ik uit met dat oudeherengekanker en ga op mijn hotelkamer mijn notities uitwerken.'

Hij stapte in zijn auto, startte en deed het licht aan. Voor hij wegreed draaide hij het portierraam open. 'Voor de zon opkomt is het hier weer een nette parkeerplaats aan de rand van de duinen. De meeuwen eten alle kots weg. Ze schijnen zelfs slijmerige condooms naar binnen te schrokken. Ik denk omdat ze die voor visblazen aanzien.' Hij viel ineens stil en keek naar Kathleen die gevolgd door de tanige oude man, met wie ik haar eerder op de avond had zien praten, uit een zijdeur kwam. Ze liepen naar een grote Amerikaan en hij hield het portier voor haar open. Toen schoof hij naast haar achter het stuur en reed weg.

'Die heeft de buit binnen,' zei hij met een lichte jaloezie.

'Maar misschien brengt hij haar gewoon even thuis. Ze zal doodmoe zijn. Het is de enige goeie meid achter de bar. Beleefd en lieflijk cool. Ze weet al die onfrisse halfdronken avances genadeloos afstandelijk te pareren. Ik heb haar een hele poos staan bestuderen. Een verschil van dag en nacht met die twee andere meiden. Fraai is ze ook. Ajuus!'

Hobbelend reed hij de parkeerplaats af.

Op de terugweg reed ik van het asfalt af, over de graskeien de berm in. Ik stapte uit en liep over de duinen een dal in. Het schitterde van de sterren. Snoeren van lichtnevels hingen duizelingwekkend hoog tegen het plafond van het heelal. Boven de plaats waar het geruis van de zee vandaan kwam stond de nieuwe maan als een nagel van goud. In de duistere verten wolkten spinnenwebben van nevel om het laag geboomte. Ik dacht dat er vlakbij een velduil aan het jagen was. Een roering door de duisternis die je meer raadt dan ziet, want uilen vliegen onhoorbaar. Ik rekte me uit, riep iets ondoorgrondelijks en liet me achterover op de grond vallen. Ik strekte mijn armen wijduit en snoof de geur op van de grassen en planten die ik met mijn lichaam geplet had. Munt en de bittere geur van walstro. Toen viel ik in slaap.

De tanige man liep naakt over een vochtige zandplaat. Hij leek nog meer op een Egyptische mummie. Zijn bovenbenen waren bijna vleesloos, je zag de spieren als kabels onder zijn verschrompelde huid bewegen, zijn buikholte was ingevallen, de darmen lagen als geteerd touw in de kom van zijn bekken. Zijn geslacht hing als een bot naar beneden, namaakgebeente zoals men geeft aan honden om hun gebit op te scherpen. Met houterige plechtigheid voerde hij Kathleen aan de hand mee alsof ze een gavotte gingen dansen. Ineens hief hij zijn hand omhoog. Ik dacht dat hij zo'n lange schelp, een messchede, omklemd hield, maar toen hij hem openklapte zag ik dat het een ouderwets scheermes was. Ik schreeuwde, want ik dacht dat hij haar keel door wilde snijden. Maar hij deed haar arm omhoog en ging met het lemmet naar haar okselhaar. Bijna mechanisch sloeg ze haar been zo ver omhoog dat ze zijn schedel van zijn romp schopte. Hij zakte in elkaar als een broos staketsel. Daarna liep ze op een sukkeldraf naar zee. Ik rende achter haar aan. Maar toen ik tot mijn knieën in de branding stond was haar schim opgelost. Uit de zeedamp klonk ver weg het geluid van een misthoorn.

Met een schok werd ik wakker, verstijfd en met vochtige kleren van de dauw. Moeizaam kwam ik overeind, rekte me een paar keer uit en maakte wat lichaamsbewegingen om soepel te worden. Mijn gezicht was warm alsof ik koorts had. Het zweet liep van mijn voorhoofd in mijn ogen.

Boven de dennen was de hemel geel van de opkomende zon. Het leek of alles met een vreemde bloesem overdekt was. Ik liep naar mijn auto en bleef een poos achter het stuur zitten. Ik zag het kaalgeschoren onderlichaam van Kathleen voor me en ik bedacht ineens dat messchede in het Latijn Solen vagina heette. Ik had een keer zo'n schelp met inhoud gevonden. Bleekroze vlees dat net niet naar buiten puilde. 'Nee, geen erectie van opwinding zo vroeg op de ochtend,' zei ik halfluid. 'Het is een sterrit naar de eeuwigheid.'

Ik startte mijn auto en reed weg.

Ik zag de man zitten op het terras van de Irish Pub in de dorpsstraat. Toen hij mij zag haalde hij zijn jas van de stoel naast zich en maakte een uitnodigend gebaar. Ik ging naast hem zitten en het viel mij op dat hij een veel aantrekkelijker uiterlijk had dan ik gisteravond in het duister had kunnen waarnemen. Hij moest vroeger knap geweest zijn. Nu zag hij eruit als een centurio die na een lange diensttijd naar zijn terugkeer naar Rome verlangt.

'U bent vroeg op pad,' zei hij.

'Ik heb even in de duinen geslapen,' zei ik.

'Dat zou ik u altijd afraden. In de buitenlucht slapen, daar krijg je zieke gewrichten van. In mijn jeugd heb ik vaak gekampeerd. Dan ging je buiten je tent naar het kampvuur liggen kijken tot je in slaap viel. Werd je 's ochtends wakker als een stijve hark. Dat heb ik zuur moeten bekopen.' Hij wreef over zijn knieën en schudde zijn hoofd.

Toen het meisje van de bediening langskwam, vroeg hij, 'Mag ik zo vrij zijn u een kop koffie aan te bieden?'

Ik knikte bijna minzaam door zijn taalgebruik en hij bestelde koffie.

Hij boog zich naar mij over en zei zachtjes, 'Alweer een navel. Je ziet soms wel honderd navels op één dag. Begrijpt u waarom die meisjes tegenwoordig allemaal zo nodig hun navel aan den volke moeten tonen?'

'Misschien is het ter ere van de grote moeder. Of willen ze van alle mannen navelstaarders maken. Het is eigenlijk een litteken waar ze mee lopen te pronken.'

'Tot voor kort had ik alleen maar navels van marmer gezien. In de musea. Want the old lady, waar ik u de afgelopen nacht over vertelde, sloeg geen museum over. Ze scheen een poos kunstgeschiedenis gestudeerd te hebben. Maar ik dacht meer uit liefhebberij dan wetenschappelijk. Ik heb dan ook alle musea van Europa bezichtigd. Van het British Museum in Londen tot aan het Uffizi in Florence, en van het Pergamon-altaar in Berlijn tot aan het Prado in Madrid. Op een keer stonden we voor een groot schilderij van Adam en Eva, met natuurlijk de appel der verleiding in een elegante vrouwenhand en een soort slangenmens in de boom. De duivel, die er nogal potsierlijk uitzag. Job, vroeg ze, zie jij wat er mis is aan dit schilderij? Ik aandachtig turen. Je denkt in de eerste plaats dat er perspectivisch iets niet in de haak is. Maar dat leek me aardig te kloppen. En ook de edele delen, zal ik maar zeggen. Een uitgestoken hand die er net voor valt, een voile die het al te vleselijke bedekt. Ik zeg, nou mevrouw, ik heb niet het minste vermoeden wat er aan dit schilderij mis is. Toen vroeg ze, wie zijn dit, Job. Adam en Eva, mevrouw. Juist! En wie waren Adam en Eva? De eerste mensen, bij mijn weten. Precies, door God geschapen. En wat zien we? Ze zijn allebei voorzien van een navel. Daar klopt dus hoegenaamd niets van. En als grapje zei ze dan, Job, ga jij de suppoost eens halen. Ik wil dat dit schilderij verwijderd wordt. Het druist in tegen mijn religieuze gevoelens. Zo was ze ook wel weer.'

Het meisje zette de koffie voor ons neer en zei schel, 'Dat is dan twee euro veertig.'

Toen ze weg was zei hij, 'Dan heb je zo'n navel. Je zou het bijna een bloem van vlees kunnen noemen als je in een poëtische stemming verkeert, en dan zo'n stem die klinkt alsof er een potscherf langs de rotsen kerft.'

'Zo'n navel zou een drukknop moeten zijn waarmee je het geluid kan dempen,' zei ik lachend.

Hij haalde zijn portefeuille uit zijn binnenzak en liet mij een foto zien van een schoonheid van een jonge vrouw met een mediterraan uiterlijk en een weemoedige glimlach. 'Mijn moeder,' zei hij trots. 'Ik was toen twee jaar.'

'Ze ziet er Italiaans uit.'

'Zo zeker als wat. Haar voorouders, en ook de mijne natuurlijk, en dan spreek ik over de achttiende eeuw, zijn vanuit Italië hier terechtgekomen. Ze vervaardigden van die frivole sierplafonds. Een soort superstukadoors. Een beetje rococo, zal ik maar zeggen. Met mollige engeltjes en guirlandes vol vruchten. In oude buitens kom je ze nog vaak tegen.' Hij stak de foto weer in zijn portefeuille en liet die in zijn binnenzak glijden. 'Ik heb de achternaam van mijn moeder aangenomen, Federici.' Toen zei hij afwezig terwijl hij de dorpsstraat door keek, 'Toen ik elf was is ze overleden aan borstkanker.'

Na een poos gezwegen te hebben, zei hij nadenkend, 'Voor zover ik het begrepen heb bent u fotograaf van beroep. Nu heb ik een verzoek, een enigszins vreemd verzoek aan u. En als u er niet op in wilt gaan is daarvoor veel begrip mijnerzijds. Zoudt u voor mij een foto willen maken van dat meisje achter de bar? Ik weet niet hoe ze heet, maar u weet vast wie ik bedoel, want die andere twee zijn ronduit sloeries.'

'Kathleen, heet ze.'

'Een schitterende naam om van alles bij te fantaseren. Maar nu ga ik u uitleggen waarom ik zo graag een beeltenis van haar zou willen hebben. Misschien valt het u niet zo op, maar die jonge vrouw is net, op een vreemde manier, een duplo van mijn moeder. Mijn mama donker, zij blond. Maar ze hebben dezelfde wezenstrekken. Afstandelijke schoonheid die dubbel aantrekkelijk is. Je zou haar niet willen bezitten maar voor haar willen knielen. Bijna een soort madonnaverering. Toch ben ik niet katholiek opgevoed.'

'Beauty, en ook gelijkenis, is in the eye of the beholder,' zei ik.

'Dat is zo. Het is een innerlijke kwestie.'

'Ik heb die foto al voor u. U moet hem maar eens komen bekijken. Ik heb hem op mijn digitale camera. Ik zal in ieder geval zorgen dat u een afdruk krijgt. Bij de strandtent heb ik een foto van haar gemaakt. Een beetje zand op haar gezicht, maar dat geeft het een zilverachtige uitstraling.'

Toen hij zei dat de onkosten natuurlijk voor hem waren, zei ik dat er geen onkosten waren. Hij keek even om zich heen of niemand op het terras meeluisterde en vroeg toen zachtjes, 'Mag ik u eens vragen wat uw alleroudste herinnering is. Als kind of als baby.'

Ik haalde mijn schouders op en trok een pijnlijk nadenkend gezicht.

'Het is een nogal precaire aangelegenheid,' vervolgde hij, 'en ik doe u deze bekentenis omdat u zwijgzaam bent en een serieuze indruk op mij maakt. Maar ik loop mijn hele leven rond met een beeld dat ik niet kwijt kan raken. Waarschijnlijk ook niet wil kwijtraken. Je kunt wel zeggen dat ik dat beeld koester. Ik was denk ik één jaar, een mollige baby, echt een putto. Als mijn moeder mij verschoonde en mijn onderlijfje waste, u weet wel, dan krijgen baby's zo klein als ze zijn een erectie en gaan urineren. En nu zie ik altijd voor me dat mijn moeder zich over mij heen buigt, mijn slurfje in haar mond neemt en me leegdrinkt.'

Ik had willen antwoorden dat ze waarschijnlijk dorst had, maar naar de druppels zweet die op zijn voorhoofd parelden te oordelen zou hij dat als zeer kwetsend opvatten. Ik zei dus maar dat veel dieren dat ook doen. Om hun leger of nest schoon te houden. Weg is weg.

Hij keek me even onderzoekend aan en zei, 'Mijn moeder had niets dierlijks. Het was een voorname en ontwikkelde vrouw. Ze was de gelijkmatigheid zelve.'

'Misschien is het wel het kinderslaapkamergeheim, waar ik wel eens over heb horen spreken zonder dat ik begreep waar het op sloeg.'

'Waarschijnlijk zijn het maar hersenspinsels. Een denkbeeldige navelstreng die ik in stand houd om haar niet te verliezen. Ik heb ook zo'n wonderlijk leven gehad met the old lady. Musea jagen je fantasie op hol. Ik heb honderden madonna's gezien. Van Giovanni Bellini, van Leonardo da Vinci, met als hoogtepunt de Madonna Granduca van Rafael. Maar weet u wat ik mezelf toch wel enigszins kwalijk neem, het bleef niet bij madonna's. Madonna's hebben toch iets lichtvoetigs. Lekker stuk, zoals men tegenwoordig pleegt te zeggen. Op een keer liepen we ergens door een museum. Ineens staan we voor de Bewening van Christus van Rogier van der Weyden. Dat is een indrukwekkend schilderij, ik weet niet of u het kent?' Ik knikte en hij vervolgde, 'Dat gezicht van Maria. Ze drukt het hoofd van haar zoon zo innig tegen zich aan dat hun monden elkaar raken. Het is of Christus weer tot leven gewekt wordt door die innigheid. De andere hand van Maria ligt op de buik van Christus, net boven zijn navel. En ik vocht ertegen, maar ik zag steeds die hand naar de lendendoek gaan. Ik wendde me af en the old lady vroeg of ik het niet kon waarderen. Ik zei dat het me overweldigde. Dat ik even mijn emotie kwijt moest.'

Ik stond op en zei dat ik ging douchen, want dat je van dauw niet echt opfrist. 'Ik heb het gevoel dat de nevels van de nacht nog in mijn hoofd rondspoken.'

'Bij mij zijn het meer de nevels van het verleden,' zei hij en glimlachte. 'Wij spreken elkaar nader. Je kunt elkaar hier niet ontlopen. Zit je niet op het ene terras dan wel op het andere. Zit je niet met je voeten in zee dan wel in het zand.'

Toen ik de deur van mijn huisje opende walmde de gekruide rottende geur van paddestoelen me tegemoet. Op het aanrecht waren de morieljes in het vergiet tot een teerachtige pap versmolten waar kleine maden doorheen glibberden. Op het bord dat ik eronder had gezet lag een onsmakelijke vloeistof die in een horrorfilm zonder twijfel voor vleermuizendrek zou kunnen doorgaan. Ik spoelde het bord af en liep met het vergiet vol drab over de duinenrij. Aan de andere kant was een laag duindal waar, omdat het er vochtig en op sommige plaatsen zelfs drassig was, veel bijzondere planten groeiden. Moeraskartelblad en bittere gentianen, duizendguldenkruid en bremraap. Maar die kleine wildernis werd overwoekerd door de rozetten van het rondbladig wintergroen, die pas in de zomer tot bloei kwamen. Dan was het hele dal voor korte tijd met een room-wit zweem bedekt. Ik was hier een keer in de winter geweest. Het had licht gesneeuwd. Door het wit heen fonkelden de ronde blaadjes als scherfjes smaragd.

De vergane morieljes wierp ik zo hier en daar tegen een helling in de hoop dat de sporen, ook al werden ze niet door de wind verspreid, nog levensvatbaar zouden zijn.

Thuis spoelde ik me af onder de douche, deed mijn trainingspak aan en liep op een sukkeldraf naar zee. Het was laagwater. Een brede strook nat zand om even lekker op uit te lopen. De zee was groenig met violette schitteringen waar de zeebries het water in beroering bracht. Soms moest je om je voetzolen te sparen, uitwijken op plaatsen waar een schelpenbank ontstaan was. Er was bijna geen sterveling. Alleen heel in de verte probeerde een man een grote zwarte hond tot een duik te bewegen door steeds een stok in de golven te gooien. Maar de hond bleef iedere keer voor de branding stilstaan en ging zelfs achteruit als de lasso's van schuimend zeewater zijn poten naderden. Toen ik langs hem kwam sprong hij dartel met me mee.

'Ben je zo bang om nat te worden,' zei ik.

Achter me klonk geïrriteerd gefluit en toen bevelend geroep.

'Weet je wat jij moet doen,' zei ik tegen de hond. 'Je moet die stok uit de hand van je baas rukken en in zee gooien. En dan roep je, "Apport, apport!" Kan hij zelf eens voelen hoe koud het water nog is.'

Omdat ik bang was dat hij te ver mee zou lopen liep ik naar de duinrand, ging in het mulle zand zitten en stuurde hem met een dwingend handgebaar terug naar zijn baas die zo ver weg was dat hij een schaduw op het zand leek. Van een afstand bleef hij met zijn kop scheef naar me kijken. Toen liep hij terug.

'We zouden het best met elkaar kunnen vinden. Maar een hond is een lastpost. Je zou alle vogels wegjagen.'

Ik ging even liggen uithijgen en luisteren naar het brommend geruis van de branding. Ik schrok wakker toen een legerhelikopter vlak overkwam.

Toen ik overeind schoot zag ik haar in de verte aan komen

rennen. Je kon je niet vergissen. Het was een verschijning die over het zand leek te zweven. Zo kon zij alleen lopen. Een getraind lichaam, in cadans met het ruisen van de zee. Haar blonde haren dansten als licht om haar hoofd.

'Kathleen,' riep ik.

Ze keek opzij en stak haar hand op. Ik dacht eerst dat ze gewoon door wilde lopen, maar met een boog liep ze naar me toe en plofte naast me in het zand. Ze had een afgeknipte spijkerbroek aan. Haar gebruinde dijen leken zuilen die uit een kapiteel van rafels en plooien staken.

'Je loopt magnifiek,' zei ik. 'Ben je soms ook nog lid van een atletiekvereniging?'

'Pure aanleg,' zei ze spottend. 'Al vanaf mijn middelbareschooltijd loop ik iedereen voorbij.'

'Het is wel lekker om aan zee even je longen schoon te blazen. Doe je dat iedere dag?'

'Zo goed als.'

Ik keek even naar de straaltjes zweet die van haar okselhaar naar haar hemdje liepen en vroeg toen, 'Is vannacht die man je opgevallen met een Italiaans uiterlijk?'

'Als je achter de bar staat zie je alles. Ik weet precies wie je bedoelt. Hij komt nogal vaak. Hij kijkt te veel mijn kant op. Hij ziet er niet onaantrekkelijk uit voor een oudere man. Verzorgt zichzelf kennelijk goed. Steeds haalt hij een notitieboekje te voorschijn en schrijft wat op. Ik denk dat als ik naar hem zou knipogen hij het noteert. Misschien is het een journalist of een schrijver. Je ziet hem overal opduiken. Het kan best dat hij bezig is een verhaal te schrijven over het eiland. Of het is gewoon een voyeur.'

'Een voyeur kijkt alleen maar.'

'Dat is zo. Misschien is een fotograaf wel de ergste voyeur,' zei ze terwijl ze me schalks aankeek.

'Een kus op afstand. Ik streel je met mijn lens zonder dat je er weet van hebt.'

'Ik voelde het anders wel toen je gisteren boven op het duin lag. Weet je wat je moet fotograferen. Ik kwam daarnet door een heel stel aangespoelde kwallen. Van die lichtblauwe met zo'n paars randje. En in één zat een klein visje. Ik dacht eerst dat het een stukje zilverpapier was. Maar toen zag ik dat helde-re oogje. Het schitterde in de zon. Het was net of hij in een jampot achter glas zat.'

'Ik ga meteen mijn fototoestel halen. Loop je even mee, dan gaan we bij mij koffie drinken. We moeten daar het duin op, dan is er een dal en dan zijn we er.'

Ze knikte en rende door het mulle zand, waarin diepe kui-len van haar voetsporen achterbleven als kleine kraters, tegen het duin op. Toen we in het dal kwamen, vroeg ze, 'Wat is dat voor spul. Het lijkt wel of ze een kruiwagen groene euro's uit-gestrooid hebben.'

'Dat is rondbladig wintergroen. Zelfs als het vriest blijven ze groen.'

'Het is een lekker gevoel aan je voeten. Het voelt een beetje stug aan.'

Toen we van het duin af naar het huisje liepen verzuchtte ze, 'Wat woon je hier zalig eenzaam. Dat is altijd mijn ideaal geweest. Van God en de mensen verlaten.'

'Van God kan je je zo verlossen. Dat is maar een voorstel-ling. Maar voor je van de mensen verlost bent met hun hels kabaal, dan moet je een muur van stilte om je heen bouwen. Trouwens, jij zit de hele avond en nacht in de hel.'

'Ik heb er wel eens aan gedacht om oordoppen in te doen, maar dan kan je je klanten niet meer verstaan. Ach, het is maar voor een paar maanden. En je verdient zoveel met de fooien mee, daar kan ik het hele jaar van leven.'

We gingen naar binnen en ze vroeg wat dat voor vreemde lucht was die er hing. Terwijl ik koffie zette vertelde ik het ver-haal van de morieljes waarvan ik voor haar een exquis gerecht had willen maken.

'Je wilde me toch niet vergiftigen, hè?'

'Ik wilde je verwennen, maar je liet je door een oudere heer meevoeren.'

'Ik had er geen flauw vermoeden van dat je op me stond te wachten. Ik was doodmoe. Hij heeft me alleen maar thuisge-bracht.'

Ik nam twee verbleekte ligstoelen mee naar buiten en we gingen in de zon koffie drinken. Het terras van de stilte.

'Je zei net, hij heeft me alleen thuisgebracht. Neemt hij je soms ook wel eens mee om de liefde te bedrijven?'

Ze schoot in de lach waarbij ze zich bijna verslikte in de koffie.

'Zo vreemd is dat toch niet.'

'Ik moest lachen om die uitdrukking, de liefde bedrijven. Nee, ik neuk niet met hem. Heb je niet gezien hoe broos die man is. Als een theebeschuitje. Hij zou finaal doormidden breken, denk ik.'

'Wat doen jullie dan?'

'Hij doet niks. Hij kijkt alleen maar op een speciale manier. Of soms zegt hij, "Ga je maar eens in jezelf verdiepen." Ik kleed me uit en vinger me voor hem.'

'Is dat opwindend?'

'Zeker. De manier waarop hij naar me kijkt. Koel en onbewogen met die staalblauwe ogen in dat gerimpelde gezicht. Het heeft ook iets van een toneelstuk of een ritueel. Ik kronkel gewoon als ik klaarkom. Maar hij raakt me met geen vinger aan. Zelfs als hij me daarna thuisbrengt, geeft hij me geen hand, laat staan een kus. Hij zegt alleen, tot de volgende keer.'

'Laat je je ervoor betalen?'

'Hij geeft me soms vijfhonderd euro, zonder enig gedoe. Alsof ik z'n secretaresse ben die hij uitbetaalt. Hij schijnt nogal vermogend te zijn. Woont in een afgelegen boerderij die heel luxueus is ingericht. Als je er binnenkomt is het net zo'n showflat uit een Amerikaanse film.'

'Is hij de eigenaar van die disco?'

'Ik zou het niet weten, maar het zou me niets verwonderen. Het lijkt er wel naar. Even binnenlopen, niets zeggen, alleen maar kijken. Hij gedraagt zich als een gentleman. Toen ik hier twee jaar geleden voor het eerst was, heb ik hem ontmoet.'

'Masturbeer je wel eens voor anderen?'

'Ja, heel vroeger met m'n eerste vriendje. Die heeft me geleerd om het schaamteloos te doen. Op den duur vond ik het opwindend om een man in m'n macht te hebben zonder dat je zelf genomen wordt. Het is een soort spel met de indruk die je lichaam maakt op een ander. En je kan er geen aids van krijgen. Veilige seks.'

'Zal ik nog koffie inschenken?'

'Graag! Blus me maar even, want ik word geil van het in de zon zitten.'

Terwijl ik met de kopjes naar binnen liep, vroeg ik, 'Zou je je voor mij ook willen vingeren?'

'Ik zit er net aan te denken. Misschien wel. De gedachte windt me op. Maar je moet er wel rustig bij gaan zitten. Je bent toeschouwer. Dat moet je niet vergeten.'

Toen ik met de koffie buitenkwam zat ze naakt in de ligstoel. Haar kleren lagen ordelijk op een stapeltje bij haar voeten. Met een paar gulzige slokken dronk ze haar kopje leeg en ging staan met haar benen een beetje van elkaar.

'Er hoort eigenlijk een glas champagne bij,' zei ik.

'Nou moet jij daar gaan zitten.'

'Maar lieve Kathleen, je moet aan de achterkant van het huisje gaan staan. Je staat precies in het zicht van de boerderij. Als de boer ziet dat ik een vrouw op bezoek heb, zit hij aan een stuk door te loeren door zijn verrekijker.'

'Die man mag toch ook wel een beetje genieten.'

'Als hij ziet waar je mee bezig bent is hij in staat om je aan zijn hooivork te steken. Als er iets naakts op de televisie is vindt hij dat het net Sodom en Gomorra is en dat er zwavel en vuur uit de hemel moeten neerdalen om de zondaren te vernietigen.'

'Behoorlijk primitief.'

Ze liep naar de achterkant van het huisje en ik sleepte de ligstoel daarheen.

'Zit ik niet te dicht bij je?'

'Ga maar een stukje naar achteren, anders ziet het er zo bijziend uit.'

Ik verzette de stoel en ging zitten. Terwijl ze me aankeek ging haar hand naar haar onderlichaam. Ze streelde even de welving van haar venusheuvel, toen gleed haar vinger de roze kerf in. Ik zag dat ze nat moest zijn want ze bewoog er soepel mee heen en weer. Haar gezicht werd een van pijn verwrongen masker. Haar ogen leken uit te puilen van vervoering.

'Kijk, kijk naar me, ik kom klaar,' riep ze hijgend en viel bijna om. Haar onderlichaam schokte alsof ze persweeën kreeg. Ineens haalde ze diep adem en zei, 'Nou moet je me wat te drinken geven.'

'Ik heb alleen maar een fles whisky, en die is lauw.'

'Des te beter. Dan komt de smaak meer naar voren.'

Ik liep het huisje in en haalde de fles whisky die ik uit Amsterdam had meegenomen en een paar glazen. Toen ik buitenkwam had ze zich aangekleed. Niets in haar gezicht verried de opwinding van daarnet. De blos was weggetrokken uit haar gezicht. Ze zag er koel uit. Terwijl ik haar inschonk vroeg ik, 'Mag ik je de volgende keer fotograferen?'

'Wie zegt dat er een volgende keer is.'

Ik hief mijn glas naar haar omhoog, en zei lachend, 'Op de volgende keer!'

'Op de kwallen die je zo nodig wilde fotograferen. Nou, dat kan je wel vergeten. Toen ik erlangs kwam lagen ze aan de vloedlijn en het was hoogwater aan het worden. Die dobberen gezellig met z'n allen weer in zee.'

'Ik wilde ze helemaal niet fotograferen. Jij wilde me hierheen lokken om je te laten bewonderen. Misschien was er geen kwal te bekennen.'

'Reken maar. Maar ik had je een vakidioot gevonden als je aan het fotograferen van een paar onnozele kwallen de voorkeur had gegeven. Vind je mij een exhibitioniste?'

'Zonder twijfel. Maar dat vind ik wel een kwaliteit. Ik meen dat het Schopenhauer was die gezegd heeft, een vrouw kleedt zich aan om uitgekleed te worden.'

'Volgens mij komt het door de angst voor besmetting. Mijn vriendinnen denken er net zo over. Want je kan met een man liggen vrijen en zeggen dat het niet mag gebeuren, maar op de een of andere manier weten ze hem toch bij je naar binnen te frommelen. Thuis heb ik een paar vriendinnen waar ik lekker mee kan stoeien zonder dat je erna je bloed moet laten controleren.'

Schielijk dronk ze haar glas leeg en vroeg toen of ik haar even met de auto naar de strandtent wilde brengen omdat daar haar fiets stond. Toen we langs de boerderij reden keek de boer ons wantrouwig na. Er kwam iets voorbij dat hij niet had zien komen. Het viel me nog mee dat hij in plaats van een nors handgebaar niet zijn vuist opstak. Onderweg vroeg ik of ze vannacht nou weer voor die oude magere heer een lustvol toneelstukje ging opvoeren.

'Toch niet jaloers?'

'Meer nieuwsgierig.'

'Als je in een museum naar een fraai naaktschilderij kijkt en er komt na jou een andere bezoeker die daar kennelijk ook van weet te genieten, word je toch niet jaloers.'

'Vlees geeft daar waarschijnlijk meer aanleiding toe dan verf.'

Toen ik haar nagekeken had tot ze tussen de dennen verdwenen was haalde ik mijn fototoestel met telelens uit de auto en liep door de duinen naar een duinmeer dat aan de zeekant aan het oog onttrokken werd door wilgen en vlieren, knoestig verminkt door de zeewind. Hogerop stonden duindoorns, bijna ondoordringbaar, als een wal van melkachtig groen gewolkte. In het geboomte, dat als bij mangrovebossen met de wortels in het water stond, broedde een kolonie reigers. Verderop, in het riet, aan de andere kant van het duinmeer, nestelden lepelaars, roomwit gepluimte, alsof een afdeling van de studentenweerbaarheid tot aan de nek in het moeras was weggezakt. Toen de reigers mij in de gaten kregen gingen ze allemaal op de wieken. Boven het geklapper van de vleugels brachten ze een geluid voort of uit doorgesneden kelen de laatste adem werd uitgerocheld. Op de helling, boven de duindoorns, zocht ik een plek van waaruit ik een nest met jongen kon waarnemen. Ik moest snel te werk gaan, want de krijsende vogels zouden mij verraden. Iedere vogelwachter zou al van ver zien dat daar iemand in verboden gebied was doorgedrongen. Ik keek door mijn telelens. Er zaten drie jongen in het nest, slordig bepluisd met dons. De huid die ertussen zichtbaar was leek van grof kippenvel en was niet roze maar grijzig blauw, alsof er geen bloed maar lood door hun aderen vloeide. Soms hief er een zijn kop omhoog en opende zijn snavel in de verwachting dat hij gevoerd zou worden, als een van de ouders laag overvloog. Ik drukte een paar keer af en bekeek de foto's. Ze waren zo scherp dat je de witbescheten takken om het nest in hun kalkachtige viezigheid meende te ruiken. Gebukt ging ik door een wildernis van bramen, speerdistels en wilde rozenstruiken de duinen over naar zee. Het strand dat zich voor me uitstrekte was wel een kilometer breed. Je moest erg oppassen want er lagen verraderlijke heuvels van stuifzand waar je tot je knieën in weg kon zakken. Je moest dan even hard lopen en had het gevoel dat je op traag water liep. Een zee van zand. Een van de eilandbewoners had mij eens gezegd dat in de tijd toen men nog met bereden politie het strand bewaakte er een paard tot zijn middel was weggezakt in het zand. Met moeite hadden ze het beest na uren werk met een shovel weten te bevrijden.

Langs de vloedlijn liep ik naar de strandtent waar ik mijn door de bramen geschramde handen en armen in de keuken afspoelde en daarna op het terras met een portie slibtong de avond over me heen liet komen.

De volgende dag, toen ik van de supermarkt in het dorp terugkwam, zag ik, toen ik het zandpad op reed, zijn auto staan. Federici zelf stond tegen de deur geleund. Toen ik uit de auto kwam zei hij, 'Het is een beetje een bouwval waar u in huist, maar het is erg romantisch. Sprookjesachtig. Je moet alleen wel tegen de eenzaamheid kunnen.'

Ik gaf hem een hand, ontsloot de deur en nodigde hem binnen.

'Het kan mij niet eenzaam genoeg zijn,' zei ik.

'Dat is beslist een prijzenswaardig standpunt. De mensen klitten te veel op elkaar.'

Ik sleepte de ligstoelen naar binnen, en hij ging zitten. Terwijl ik koffie maakte en gauw de lipstick van het kopje waar Kathleen uit gedronken had afspoelde, dacht ik, hij moest eens weten wie er met haar mooie blote billen nog niet zo lang geleden in die stoel heeft gezeten. Hij zou misschien wel opspringen van vervoering en de verbleekte stof gaan kussen.

Ik zette de koffie op tafel en terwijl hij suiker en koffieroom nam en begon te roeren, zei hij zachtjes, alsof het een geheim betrof, 'U zult wel begrijpen waar ik voor kom. U had mij als het ware uitgenodigd.'

Ik knikte en terwijl ik naar mijn tas liep en er de camera uit haalde, dacht ik eraan dat ik Kathleen gelukkig nog niet in haar naakte pracht gefotografeerd had. Het is al gauw te veel voor iemand die een droomvrouw voor de werkelijkheid heeft verwisseld. Een illusie verdwijnt maar al te vaak als rook voor de naakte waarheid. Vooral als die naakte waarheid zich schaamteloos staat te bevredigen.

Eerst liet ik hem de foto's van het nest met jonge reigers zien. Zijn neus rimpelde een beetje. 'De natuur is niet altijd fraai. Ik mag het wel een vies stel noemen. De schepping, of wat daarvoor doorgaat, wint niet altijd de schoonheidsprijs.'

'Als ze volwassen zijn en je ziet ze over de duinen of het water zweven zijn het net kunstig gevouwen vliegers.'

'Dan zullen we ons oordeel maar even moeten opschorten. Lelijk in de luier, schoon in de sluier. Ik wil ze graag het voordeel van de twijfel gunnen. Maar u bent een uitstekend fotograaf. Daar wil ik niets op afdingen.'

'En wat vindt u dan hiervan.' Ik liet hem de morieljes in dreigend avondlicht zien. 'Dat zijn morieljes. Een delicatesse volgens de kenners.'

'Om het u eerlijk te zeggen lijkt het me meer een plaats waar men honden uitlaat.'

Toen ik de foto's van Kathleen liet zien raakte hij bijna in extase. 'Wat is ze mooi,' zei hij. 'U hebt haar gefotografeerd zoals ik haar zie. Een masker vol geheimzinnigheid. U hebt een afbeelding gemaakt die alles verbergt en juist daarom onontkoombaar is. In het verborgene zit de grootste aantrekkingskracht.'

Toen ik vroeg of hij nog koffie wilde, zei hij met een glimlach terwijl hij mij zijn kopje aanreikte, 'Ik zie dat u damesbezoek hebt gehad. Het viel mij op dat er nog wat lipstick aan de rand van het kopje was achtergebleven.'

'U lijkt wel een rechercheur die mij betrapt op het onzorgvuldig wassen van de vaat.'

'Het gaat mij natuurlijk niets aan, maar heeft Kathleen een bezoek aan u gebracht? Want als je je zo laat fotograferen, gebeurt er wel wat tussen model en waarnemer.'

Hij keek mij niet aan maar liet zijn blik gaan langs de spinnenwebben die van het plafond hingen.

'Ik kwam haar gisteren tegen toen ik langs het strand aan het uitlopen was. Zij deed hetzelfde, toen heb ik haar op de koffie gevraagd. We hebben wat over geschiedenis gepraat. Ze heeft daar een paar jaar in gestudeerd en ik heb geprobeerd haar aan te moedigen om die studie weer op te vatten. Het is een kiene meid die heel wat meer in haar mars heeft dan je op het eerste gezicht zou denken. Dat is het nadeel als je er aantrekkelijk uitziet. Dan denkt iedereen dat ze alleen maar goed zijn om mee te vrijen.'

'En verder?'

'Er was geen verder. We hebben een lauw glas whisky gedronken en ik heb haar naar de strandtent gebracht waar haar fiets stond. Daarna ben ik het verboden gebied achter het duinmeer binnengedrongen en heb die reigers gefotografeerd. Kijk, mijn handen zitten nog onder de krassen en schrammen van de braamstruiken waar ik me doorheen moest worstelen. Als die van een vrouwspersoon zouden zijn hadden we met een sadiste van doen. En daar wilt u uw bewonderde schoonheid toch niet van verdenken.'

'In principe heb ik natuurlijk totaal niets met uw doen en laten te maken. Eigenlijk wilde ik het hebben over bepaalde aspecten van mijn leven, waar ik niet helemaal uitkom, die ik niet weet te duiden. Vergeet u niet dat het dingen zijn waar ik nog nooit met iemand over heb gesproken. Waarom dan wel met mij, zult u zich ongetwijfeld afvragen. Daar heb ik echt geen antwoord op. Ik kan aanvoeren dat u luistert zonder maar wat terug te kwebbelen. Misschien komt het omdat u op mij een onkreukbare indruk maakt, dat u met iets bezig bent dat u helemaal in beslag neemt. Om kort te gaan, toen ik the old lady ontmoette was ik vijfentwintig en zij ongeveer dertig jaar ouder. Het was zo'n vreemde verhouding. Zakelijk en afstandelijk. En ik behoor niet tot dat soort mannen dat nou direct een perverse voorkeur heeft voor craquelé en spataderen. Het vreemde is dat ik vanaf het moment dat ik bij haar in dienst kwam geen seksuele verlangens meer heb gehad. En je had heus wel de kans op een avontuurtje. Je had altijd een eigen kamer, en in de grote hotels liep heel wat lonkend vrouwvolk rond. Het was aan mij niet besteed. Ik liep, om zo te zeggen, met een dorre broek rond. Ik heb wel eens gedacht dat ik diep in mijzelf het gevoel had dat ik met mijn moeder rondreed. Wat denkt u daar nu van?'

'De verbiedende moeder komt nogal eens voor. Vooral als het haar enige zoon is.'

Ik liep naar het aanrecht en nam de fles whisky mee en twee glazen, die ik zorgvuldig inspecteerde. Er zat geen lipstick aan.

'Wilt u een glas whisky?'

'Een traktatie. Malt, twintig jaar oud.'

'Hij is alleen nogal lauw, want van de luxe van een koelkast zijn we hier verstoken.'

'Des te beter! Soms verpesten ze de nobelste whisky door er een paar brokken ijs in te deponeren. Dan is het flavour naar god.'

'Ik denk dat, als ik uw psychiater zou zijn, ik eerst over de rol die uw vader in uw leven heeft gespeeld duidelijkheid zou willen krijgen.'

Zijn gezicht kreeg een wrokkige uitdrukking toen hij zei, 'Mijn vader heeft hoegenaamd geen enkele rol in mijn leven gespeeld, om de eenvoudige reden dat hij altijd afwezig was. En als hij een weekend van een zakenreis thuiskwam zal ik dat heus wel onaangenaam gevonden hebben, zo'n man die bijna een vreemde voor je is en die de aandacht van je moeder opeist. Maar het kwam te sporadisch voor om er een complex van vaderhaat aan over te houden. Hij is na de dood van mijn moeder naar Amerika gegaan, heeft daar een nieuw gezin gesticht en verder weet ik niets van hem. Als hij hier voorbij-kwam zou ik hem niet eens herkennen. Hij speelt geen enke-le rol in mijn gedachteleven.' Hij nam een slokje whisky en liet merken dat hij ervan genoot. Toen vervolgde hij, 'Er zijn din-gen in je leven die je nooit vergeet. Weet u dat ik bij de begra-fenis van mijn moeder geen traan geplengd heb. Alle familie-leden zaten met hun zakdoek in hun gezicht te wrijven, maar ik bleef onbewogen. Je beseft als kind niet wat het betekent dat je iemand nooit meer zult zien. Maar weet u wat nou zo merk-waardig is. Ruim een jaar geleden belde men mij op dat the old lady gestorven was, en dat ze gezegd had dat ze het op prijs zou stellen als ik bij de begrafenis aanwezig zou zijn. Ik heb meteen het vliegtuig genomen. Het klinkt absurd maar in het vliegtuig al kwamen de tranen. En op dat luxekerkhof met al z'n marmeren praalgraven van de rijken der aarde, kwamen de mensen mij troosten. Ik denk dat ze toch gedacht moeten hebben dat ik haar minnaar was geweest. Zoveel tranen! En dat zonder de mode van tegenwoordig. Echte tranen van verdriet. Ja, tegenwoordig moeten mannen grienen. Als ze voor de televisie een triest verhaal vertellen zou de camera het liefst afdalen tot de traanklieren om die te stimuleren tot een sproeipartij.'

Hij dronk het restje van zijn whisky op, zette het glas gedecideerd neer en stond op.

'Volgende keer als we elkaar ontmoeten moet u eens iets over úw leven vertellen. Want ik zie wel wat u bent, maar ik weet niet wat u hebt doorgemaakt.'

In de namiddag reed ik naar de strandtent. Ik bestelde een bitter lemon, nam een krant mee van de leestafel en ging op het terras zitten. Het strand was zo goed als verlaten. Iedereen had tegen de frisse zeewind de beschutting van het terras opgezocht. Boven de horizon hing een grijze wolkenbank, waaronder onheilspellend de golven opspatten met dreigende schuimkoppen.

In de verte zag ik de tanige oude man langs de vloedlijn aan komen lopen. Bijna statig alsof hij ondertussen een gedicht reciteerde. Hij kwam uit de richting van het naaktstrand, maar het leek me niet waarschijnlijk dat hij daar gebruik van had gemaakt. Hij had een donkergrijs overhemd aan en een lichtgrijze pantalon die door de wind om zijn benen zwabberde die niet meer dan staken leken. Zijn witte haren dansten om zijn bruine schedel. Soms veegde hij ze uit zijn gezicht met een vermoeid gebaar. Het had iets chics. Een geleerde die zijn hersenspinsels tot rust laat komen in de zilte zeewind.

Achter hem kwam een atletisch gebouwde, gedrongen jongeman in een glinsterend lichtblauw trainingspak aanrennen, recht op hem af en met zoveel vaart dat ik vreesde dat hij de oude man ondersteboven zou lopen. Maar toen hij vlakbij was, hield hij in en liep met hem verder omhoog naar de strandtent. Toen ze het terras op kwamen verborg ik me een beetje achter de krant. Ze gingen vlak bij de uitgang zitten, de oude man met zijn rug naar mij toe. Ik dacht niet dat hij mij opgemerkt had. Toen het meisje de bitter lemon voor me neerzette moest ik meteen afrekenen. Terwijl ik mijn hand ophield voor het wisselgeld keek ik naar haar navel. Hij was zo klein dat het een oogje leek dat naar mij knipoogde. Het oogje van een biggetje.

'Heb je het niet koud met dat blote buikje,' vroeg ik.

'We zijn gehard,' zei ze bars en liep naar het tafeltje van de oude man. Hij leek net een vervallen homo met zijn schandknaap. Je kon merken dat ze vaste klanten waren want zo kortaangebonden als ze bij mij was geweest, zo luidruchtig lachend nam ze hun bestelling op. Even later kwam ze terug met een uitsmijter voor de jongeman en voor de oude man zette ze een glaasje wodka of jenever neer met een glas sinaasappelsap, waarin hij meteen zijn glaasje drank leeggoot.

Zo onopvallend mogelijk haalde ik mijn fototoestel uit mijn tas en maakte een foto van ze. Het scheen ze niet op te vallen, maar toen ik voor de tweede keer afdrukte keek de jongeman in de lens. Hij veegde het eierstruif van zijn mond, boog zich over naar de oude man en fluisterde iets tegen hem. De oude man draaide zijn bovenlichaam om en keek me aan met een blik vol wantrouwen en met een lichte dreiging. Ik stond op, liep naar de glazen afrastering van het terras en keek of ik door de met zoutkristallen gegeselde ruit de zee nog kon waarnemen. Het werd één pot nat van grauwe en groezelige blauwe tinten waarover het bespetterde glas een vlokkig patroon legde. Het was een magnifieke abstractie. Ik maakte een paar foto's en toen ik naar mijn tafel terug wilde lopen stond de oude man ineens achter me.

'U hebt daarnet een foto van ons gemaakt,' zei hij.

'Ik heb de zee gefotografeerd. Ik denk dat u er net voor zat.'

Hij keek naar mijn fototoestel en zei, 'Ik zie dat u beroeps bent.'

Ik knikte. 'Ik maak een fotoreportage van het eiland. Alleen foto's van planten, vogels en de zee. Geen toerist of eilandbewoner zal de pagina's sieren. Alleen kleine gedeelten van hun fysieke aanwezigheid. Ik maak namelijk een hele pagina met navels, waar alle meisjes tegenwoordig mee te koop lopen tussen spijkerbroek en topje.' Ik keek hem met een vage glimlach aan. Je moest zijn helblauwe ogen bijna zoeken tussen de rimpels. 'Bent u ook zo geobsedeerd door al die navels. Als ik zo'n vleeskleurige verdieping in dat strakke buikvel zie, denk ik vaak, waarom gaat dat niet verder naar binnen.'

Hij keek mij hooghartig aan en zei, 'Waar ik door geobsedeerd ben, daar zou ik me, als ik u was, maar niet in verdiepen.'

Hij draaide zich om en liep naar zijn tafel terug. Staande dronk hij zijn glas leeg, betaalde het meisje van de bediening, en liep met zijn jonge vriend de kant van de parkeerplaats op.

Toen ik er zeker van was dat ze vertrokken waren, bekeek ik de foto's die ik van ze genomen had. Van de oude man was niet veel meer te zien dan zijn gebruinde schedel luchtig bedekt met zijn witte haren. De jongeman zag eruit als een onverzettelijke dommekracht. Bijna met slaafse aanhankelijkheid keek hij op naar de oude man. Bij de tweede foto, toen hij zag dat ik ze fotografeerde, keek hij betrapt en wantrouwend in de lens.

Op de parkeerplaats stond de vogelwachter met wie ik wel eens een praatje maakte als onze wegen zich in het veld kruisten, naast zijn terreinwagen een sigaretje te roken. Een grote groene veldkijker hing op zijn borst. Toen hij mij zag liep hij naar me toe en gaf me een hand.

'Was u het die gisteren voor opschudding heeft gezorgd in de reigerkolonie,' vroeg hij.

Ik keek in zijn eerlijke gezicht. Ontkennen kwam niet in je op. Ik knikte, haalde mijn fototoestel te voorschijn en liet hem de foto's van het nest met jonge reigers zien.

'Prachtige foto's,' zei hij. 'Als ik zo kon fotograferen trok ik meteen m'n uniform uit. Maar toch zou u niet op eigen houtje verboden terrein moeten betreden. Het is een slecht voorbeeld voor amateurs die zo nodig met een foto van een wulpennest met eieren of jongen in de familiekring willen pronken. Ik heb u wel eens gezegd dat als ik iets bijzonders ontdek, ik u beslist erheen wil begeleiden. En momenteel heb ik iets bijzonders onder mijn hoede. Een broedende velduil. Over die duinenrij daar is een dal met duindoorns en lage begroeiing. Daar broedt een velduil. Dat heb ik in jaren niet meer meegemaakt. Er is ook weinig prooi voor ze. Konijnen zijn een zeldzaamheid geworden sinds het vhs-virus ze heeft gedecimeerd. Nog erger dan tijdens de myxomatose-epidemie en ook muizen worden schaars. En een velduil, dat zijn zulke schitterende vogels. Als je die in de schemering ziet jagen vergeet je dat je hele leven niet meer.'

Ik zei dat ik er maar al te graag foto's van zou maken. Ik hing mijn camera om mijn nek, zette mijn tas in de auto en sloot die af. Hij ging even achter het stuur van zijn terreinwagen zitten om zijn sigarettenpeuk in de asbak uit te drukken. Toen liepen we achter elkaar, aan de achterkant van het parkeerterrein de duinen in.

'Je ruikt de munt,' zei hij. 'Vooral als je er een beetje sloffend doorheen zeult, dan geven de gekneusde bladeren een speciale geur af. Niet alleen van munt, want dan zou je net zo goed je snufferd in een potje met gedroogde blaadjes kunnen steken. Als geuren een kleur hadden zou ik zeggen groen. Een soort sappige geur krijgt het. Ik neem vaak zo'n handje mee voor in de sla.' Hij tuurde door zijn kijker de verte in. 'We moeten zo behoedzaam mogelijk verder gaan. Het zijn heimelijke vogels. Ze zijn zo schuw als een maagd met jeugdpuistjes.'

Zwijgend liep ik achter hem aan. Tot hij stilstond en vlak bij mijn oor fluisterde, 'Toen ik dat nest vorige week ontdekte lagen er vier eieren in. Ik weet natuurlijk niet hoe lang ze toen al aan het broeden waren. Waarmee ik wil zeggen dat ze al jongen zouden kunnen hebben. Dat zou helemaal mooi zijn.'

We liepen nog een stuk door en hij maakte een gebaar naar me dat ik mijn camera in de aanslag moest houden. Toen boog hij voorover en duwde wat lage begroeiing opzij. Ineens was er een werveling van vleugels. Met naar voren gestoken klauwen vloog de uil in zijn gezicht. De vogelwachter schreeuwde en sloeg met zijn handen om zich heen. De vogel vloog golvend over de duintop weg. Ik dacht dat hij iets sliertigs in zijn klauwen had. Ik boog me over de vogelwachter die met zijn handen voor zijn gezicht lag te schreeuwen. Het bloed stroomde tussen zijn vingers door over zijn gezicht. Voorzichtig haalde ik zijn hand weg voor zijn linkeroog. Het was er niet meer. Zijn oogkas was een bloederige holte. Ik vroeg of hij in staat was om naar mijn auto te lopen, maar hij gaf geen antwoord. Ik dacht dat hij een shock had. Ik haalde mijn draagbare telefoon uit mijn borstzak en belde het alarmnummer. Ik vertelde wat er gebeurd was en dat er zo gauw mogelijk een ambulance moest komen. Ik legde uit waar we ons bevonden en zei dat ik op een duintop achter de parkeerplaats zou staan zwaaien. Daarna ging ik naast de vogelwachter liggen en sloeg mijn arm om hem heen. Zijn hele lichaam rilde. Zweet stroomde met bloed vermengd, langs zijn gezicht. Ik durfde niet naar de holte te kijken waar zijn oog gezeten had. Ik haalde een papieren zakdoekje uit mijn binnenzak en legde dat eroverheen. Het trok meteen vol bloed.

'De ambulance is al onderweg,' zei ik. Maar hij scheen mij niet te horen. Door de spanning moet ik even tegen zijn schouder in een soort slaap gevallen zijn, want ik sprong op alsof ik uit een angstdroom ontwaakte toen het geluid van de sirene van de ambulance over de duinweg razendsnel naderbij kwam. Toen zag ik ook het blauwe zwaailicht en daarachter de politieauto. Ik liep de dichtstbijzijnde duintop op en begon met mijn beide armen boven mijn hoofd te zwaaien. Ze reden naar de achterkant van de parkeerplaats en zagen dat het terrein te woest was om doorheen te kunnen rijden. Twee broeders haalden een brancard uit de ambulance en kwamen op mij af gerend. Toen we bij de vogelwachter kwamen, knielde een van de broeders bij hem neer en haalde voorzichtig het papieren zakdoekje van zijn gezicht. Hij deinsde bijna achteruit en zei, 'Godverdomme, jongens, het is Kees!'

Voorzichtig tilden ze de vogelwachter op de brancard en zeulden naar de ambulance en schoven hem, nadat de beide agenten even naar het slachtoffer gekeken hadden, naar binnen.

'De boot is al gewaarschuwd,' hoorde ik iemand zeggen.

Toen de ambulance wegreed klonk er vanuit het binnenste een huiveringwekkende kreet. De agenten kwamen naar me toe. Een van hen haalde een notitieboekje te voorschijn.

'Kunt u ons de gang van zaken beschrijven,' vroeg hij.

Terwijl ik aan het vertellen was hoe alles zich had voorgedaan, dacht ik er ineens aan dat ik waarschijnlijk automatisch had afgedrukt. Ik pakte mijn fototoestel en klapte het schermpje open. Ik had net afgedrukt toen de naar voren gestoken klauwen van de uil zich in de oogkas begroeven.

'Die foto zou ik maar in de anonimiteit laten verdwijnen,' zei een van de agenten. 'Dat is geen aangenaam gezicht.'

Toen de agenten vertrokken waren, liep ik naar mijn terreinwagen en reed naar de supermarkt. Ik kon niets bedenken dat ik nodig zou hebben, maar ik wilde even niet in de eenzaamheid zijn. Ik probeerde een praatje aan te knopen met een kortgebroekte toerist over wat 'onder beschermende atmosfeer verpakt' nou precies betekende. Maar hij scheen op ruzie uit te zijn, zodat ik deed alsof ik ineens met stomheid geslagen was. Tegen een vrouw die haar kleuter in een winkelwagentje meevoerde zei ik dat alles bijna blijvend in prijs verlaagd was. Ze zei dat dat hier overal op grote borden stond, maar of het waar was moesten we nog maar afwachten. Daarna liep ze snel door alsof ze met een gevaarlijke idioot in aanraking was gekomen. Pas bij de kassa zag ik wat een onzinnige dingen ik verzameld had. Pakken chips die ik niet door mijn strot zou kunnen krijgen. Een blik gehaktballen in jus, potten met knakworsten, een zak geraspte kaas. Een paar kippenpoten die er achter het cellofaan drillerig uitzagen omdat de uiterste datum al verstreken was. Ik had zoveel nodeloze producten verzameld dat ik een shopper moest kopen om alles in mee te nemen. Toen ik buitenkwam stond er een allochtoon te bedelen. Hij vroeg of ik geld voor hem had om een kop koffie te kopen. Ik zette de tas voor hem op de grond en liep naar mijn auto. Door een landschap dat gedrenkt leek in een valse rode gloed van de ondergaande zon reed ik naar huis.

Ik kon niet in slaap komen, ik lag maar te woelen. Langdurig had ik gedoucht, maar ook dat hielp niet. En als ik even sliep werd ik bezweet weer wakker, ging op de rand van het bed zitten en zag de bloederige oogholte voor me. Ik probeerde me zijn ogen voor de geest te halen. Of probeerde, ze verschenen gewoon. Ze zaten op mijn netvlies. Ik stikte bijna van het schuldgevoel, want zonder mijn aanwezigheid had hij dat nest nooit zo onbezonnen benaderd. Hij wilde me maar al te graag een bijzondere foto laten nemen. Ik hield het niet meer uit. De stilte riep de gruwelijkste beelden op. Ineens dacht ik aan Kathleen. Ik moest er met iemand over praten. Ik keek op mijn horloge. De cafés en disco's waren nog een paar uur open. Snel schoot ik in mijn kleren en reed naar Het Dorstige Hert. Toen ik uitgestapt was en in het rode waas van de neon-verlichting naar binnen ging, was het net even doodstil. De mensen op de dansvloer stonden als poppen die wachtten tot de muziek ze weer in beweging zou zetten. Ik liep naar de bar, maar Kathleen was er niet. Ik vroeg aan een van de meisjes waar ze was.

'Dat meldt de historie niet,' zei ze bits.

'Ze zal wel ongesteld zijn,' zei de ander. 'Ze laat het wel eens meer een paar dagen afweten.'

'Is ze met de baas mee,' vroeg ik.

'Met de baas? We hebben hier geen baas, hè Wil.'

'We zijn onze eigen baas.'

'Zo is dat. Weet je wat jij eens zou moeten doen. Een pille-tje nemen. Dan werd je wat vrolijker.'

'Geef me maar een dubbele whisky. Zonder ijs.'

'Schots?'

'Malt.'

Toen ze het inschonk had ik iets beledigends tegen dat loe-der willen zeggen. Pas op dat je tepels niet in mijn drank han-gen! Als je zulke flabberige tieten hebt zou je ze niet achter zo'n dun truitje vrij moeten laten hangen. Een stevige buste-houder kan die toestand daar nog enigszins verhullen. Maar ik keek alleen maar kritisch naar dat slappe vleesgebengel.

Ik dronk mijn whisky zo snel mogelijk op want de gestamp-te pot van de discomuziek begon weer te schetteren met het dwangmatig deinen van de aanwezigen. Ik vroeg me af of ze ook bij Bach uit hun dak zouden gaan. Of bij Franz Schubert. Mein Herz ist wie erstorben, Kalt starrt ihr Bild darin; Schmilzt je das Herz mir wieder, Fliesst auch ihr Bild dahin.

Ik ging naar buiten en reed naar de dorpsstraat waar een

café was waar je wel eens bezoekers een boek zag zitten lezen of rustig met elkaar redeneren. Toen ik binnenkwam zag ik Federici zitten. Hij zag mij niet aankomen, hij was in gedachten verzonken en lachte een beetje afwezig. Ik liep langs zijn tafeltje en toen keek hij verstrooid naar mij op.

'U bent uw huisvesting in de verlatenheid ontvlucht,' zei hij plechtig. 'Komt u er gerust bij zitten. Een rustig gesprek zonder dat je hoeft te schreeuwen om je verstaanbaar te maken kan weldadig zijn. Ik vermoed dat u ook even in de disco bent geweest. Maar onze bewonderde schoonheid is er niet. Jammer. Soms heb je even behoefte om je aan een verschijning te laven. Maar weet u wat wij gaan doen. We gaan een flesje wijn bestellen om onze teleurstelling enigszins te temperen.'

Hij stak zijn hand op naar de ober en bestelde een fles Liebfraumilch. Daarna stak hij zijn notitieboekje, dat opengeslagen voor hem op tafel lag, in zijn binnenzak.

'U zult het wel vreemd vinden of misschien zelfs overbodig, de behoefte om alles te noteren. Maar stelt u zich nu eens voor dat in de zeventiende eeuw een man met zo'n notitieboekje in een kroeg aan een tafel zit. Er komt een heerschap binnen met zo'n prachtige glanzende sjerp om. Hij vraagt permissie om bij hem te komen zitten en zegt, "Doodmoe word je van die man. Ik moest wel een uur mijn hand naar voren steken. Ik heb er een lamme arm van. Of je kan een halfuur zitten treuzelen met een glas wijn in je hand. En probeer niet stiekem een slokje tot je te nemen, want hij ziet alles en zijn gemoed kan zomaar van braaf gepraat tot een woede-uitbarsting geraken." Of er komt een slonzig vrouwmens bij je zitten...'

'En vraagt schaamteloos, "zal ik je even aftrekken op de plee",' zei ik.

Hij lachte een beetje verlegen en zei, 'Ik hoor dat u dat ook al ervaren hebt. Een onzindelijk vrouwspersoon.'

De ober kwam met twee glazen en de fles wijn. Hij zette voor ieder een glas neer, ontkurkte de fles en rook even aan de kurk.

Federici bracht een spottend geluid voort en zei, 'Beste man, je hoeft voor mij niet te doen of je hier een fles uit de wijnkelders van het Vaticaan ter tafel brengt. Ik heb van deze drank een schapvol in de supermarkt zien staan. Je hoeft mij dus ook niet te laten voorproeven, want dat zou ik ervaren als een belediging. Schenk de glazen maar zonder verdere plichtplegingen vol met dat wijntje.'

De ober schonk de wijn in en liep een beetje bedremmeld weg.

'Je moet altijd laten merken dat je je niet laat foppen, anders nemen ze een loopje met je,' zei Federici. 'Maar om nou terug te komen op het onderwerp dat ik bezig was aan te snijden, onze zeventiende-eeuwse chroniqueur. Misschien zat hij wel met een van de modellen van een schuttersmaaltijd van Frans Hals aan tafel en volgde er nog een heel verhaal, dat de oesters op den duur onaangenaam begonnen te geuren omdat de schilder te gierig was om ze van tijd tot tijd te verversen. Misschien was hij wel te weten gekomen welke schone dienstmaagd er voor de Bohémienne geposeerd heeft die in het Louvre hangt.'

We hieven ons glas naar elkaar op en dronken. El Greco-achtig sloeg hij zijn ogen naar het plafond.

'De afdronk is fenomenaal,' lispelde hij overdreven. 'Je zou zweren dat je het kostelijke vocht van een Meursault tot je hebt genomen. Je proeft gewoon de gedroogde amandelen en rijpe vruchten. Ach, met een beetje verbeelding kan je van een onnozel wegspoelertje een godendrank maken. Kan je denken dat ze zich in het etiket vergist hebben. Maar om nou weer op ons chapiter terug te komen, weet u hoe mijn aantekeningen heten? Waarnemingen.'

'Een uitstekende titel.'

'Maar of ik er ooit een uitgever voor zal vinden is maar de vraag. Als het niet gaat over personages die zich aan de liederlijkste aberraties overgeven, is men niet geïnteresseerd. Weet u dat ik alle opmerkingen van the old lady heb genoteerd. We liepen een keer in het Louvre, in de grote Renaissance-zaal. Voor de Mona Lisa van Leonardo da Vinci stond een tiendubbeldikke rij. Japanners en andere toeristen. Toen zei ze, moet je dat nou eens zien, Job. Staan ze zich allemaal te verdringen om een glimp op te vangen van die norse dame met dat afgeknepen glimlachje om haar preutse mondje, terwijl daar dat fraaie portret hangt van de Belle Ferronnière waar niemand interesse voor heeft. Toen ik bij haar in dienst kwam voelde ik me een beetje mislukt. Ik was afgewezen voor de kunstacademie. Ze vonden daar dat ik wel liefde voor de kunst had maar geen talent. In de twintig jaar dat ik haar gechaperonneerd heb door al die musea mag ik gerust zeggen dat ik een expert ben geworden. Ik verdiepte me zo in de kunst dat ik soms opmerkingen maakte die haar goedkeuring konden wegdragen. Gisteravond toen ik op mijn hotelkamer een notitieboekje uit die tijd doorbladerde kwam ik een opmerking van haar tegen die ik niet thuis kan brengen. "Om voor lust wreedheid voor lief te nemen." Ik weet bij God niet meer waar dat nou op slaat en in welke situatie ze dat gezegd heeft. Of dat nou sloeg op de vileine tronie van Salomé als ze met het hoofd van Johannes de Doper rondloopt, of dat het in het Louvre was toen we voor het schilderij van Delacroix 'De dood van Sardanapalus' stonden. Het gruwelijk afslachten van haremdames. Om voor lust wreedheid voor lief te nemen. Vreemd, niet. Het lijkt wel een raadsel.'

Hij nam een slok van de wijn en zei, 'Even spoelen!' Ineens keek hij gespannen naar de deur. 'Kijk eens wie we daar hebben. Een nachtelijke verrassing.'

Ik draaide me om en zag Kathleen met de oude man binnenkomen. Tussen de tafeltjes door begeleidde hij haar naar een serreachtig gedeelte van het etablissement waar bijna geen bezoekers zaten.

'Zou ze toch een affaire met hem hebben?' vroeg Federici.

'Ze zegt van niet. Ze gaat zo nu en dan met hem mee naar huis. Dan gebeurt er het een en ander.'

Federici keek me onderzoekend aan en zei, 'Hoe zou u dat een en ander willen omschrijven?'

'Ze ontkleedt zich en vingert zich voor hem, als ik het goed begrepen heb. Hij schijnt haar met geen vinger aan te raken. Kijkt alleen maar.'

'Met die onsmakelijke gerimpelde heer. Je moet er maar zin in hebben.'

'Sommige vrouwen windt dat juist op. La belle et la bête.'

'Ze is anders wel openhartig tegen u geweest,' zei hij. 'Ze heeft u toch ook niet in haar ban?'

'Ze plaagt me een beetje met haar bekoorlijkheden.'

'Ik zou er heel wat voor over hebben om haar zo bezig te zien met zichzelf. Het zal voor velen moeilijk zijn om dan hun handen thuis te houden.'

'In de fotografie houd je altijd je handen thuis. Het is de kunst van het kijken. Je wordt als het ware een oog.'

'Over ogen gesproken, was u dat die bij dat ongeluk aanwezig was met die vogelwachter? Ik moest tenminste meteen aan u denken. Gruwelijk. Ik las het op de plaatselijke kabelkrant. Ik zeg het misschien een beetje cru, misschien wilt u er helemaal niet over praten. Het lijkt mij een vreselijke ervaring.'

Ik dronk mijn glas leeg dat hij meteen weer vol schonk. 'Ik kon er niet van in slaap komen en heb me toen maar in het nachtleven gestort.'

'Zeer verstandig. Als je de zorgeloosheid van de massa ziet beurt dat je toch weer een beetje op. Ieder moment gebeuren er de vreselijkste dingen en de mensheid host maar door als lemmingen die zich gaan verdoen. En dit alles aanschouwende gaan wij de vergetelheid zoeken. Zoals de dichter Omar Khayyam schreef, "Sinds mijn geboorte, nu en tot mijn dood, heb ik gedronken, drink en zal ik drinken".'

Hij schonk de fles in onze glazen leeg, riep de ober en bestelde nog een fles Liebfraumilch.

'Laten we het over de kunst hebben. De troost van de kunst. Tenminste als je niet net, zoals ik nu, aan dat schilderij van Gerard David denkt dat in het Groeningemuseum in Brugge hangt. Het Oordeel van Cambyses. Daarop zie je een rechter die levend gevild wordt omdat hij zich aan corruptie schuldig heeft gemaakt. Maar wat nou zo erg is, zijn zoon moet daar getuige van zijn. Dat is de enige keer dat de kunst me door merg en been ging. Als die straf heden ten dage weer zou worden ingevoerd liepen er heel wat hoge heren zonder huid rond.'

De ober kwam de fles wijn brengen en opende hem zonder het wijnkennersritueel. Daarna zette hij hem een beetje hardhandig neer. Je kon merken dat hij gepikeerd was.

'Ach, beste man, trek het je maar niet aan,' zei Federici. 'Ik was in een beetje treiterige bui. Dan wil je wel eens te kritisch zijn.'

'Wij doen ons best meneer,' zei de ober koeltjes en liep tussen de tafeltjes door naar een klant die zijn hand opstak.

'We zouden het over de troost van de kunst hebben,' zei Federici. 'Toen the old lady zich terugtrok in de verzorgingsflat en ik naar Nederland terugkeerde heb ik een paar cursussen gevolgd. Over de vroege Renaissance, de romaanse en gotische bouwkunst en nog zo het een en ander. Ik was wel liever kunstgeschiedenis aan de universiteit gaan studeren, maar daar voelde ik me toch te oud voor. Wel bezocht ik alle tentoonstellingen. Maar u weet ook heel wat van beeldende kunst.'

'Voor ik me specialiseerde in het fotograferen van vogels heb ik gewerkt voor kunstbladen. Dan word je ook kind aan huis in de verschillende musea. Maar hoe ik van de beeldende kunst over ben gegaan op het fotograferen van vogels, dat is nogal merkwaardig. Ik kreeg de opdracht om de distelvink van Fabritius die in het Mauritshuis hangt, en die u beslist wel zult kennen, te fotograferen.'

'Dat is een wonderschoon paneeltje. Ik zie dat geel gewoon voor me. We hebben er nog al eens voor gestaan. Het zogenaamde puttertje.'

'Maar daarnaast wilde men een foto hebben van een distelvink in het wild. Waarschijnlijk om aan te tonen hoe voortreffelijk de schilder het vogeltje had getroffen. Ik ben er toen wat literatuur over gaan lezen en wist dus dat ze vooral in de herfst doorkomen om naar zuidelijker streken te gaan en dat ze een voorkeur hebben voor bepaalde soorten distels waar ze de zaden uit pikken. Het heeft mij weken gekost tussen de stekelige planten, maar toen had ik een serie foto's die de schilder eer aandeden.'

'Ik ga u nog eens inschenken, want u begint weer een beetje kleur te krijgen. Ik schrok toen ik u daarnet zag. Het leek wel of de duivel u op de hielen had gezeten. Maar na wat u meegemaakt hebt is dat niet zo verwonderlijk.'

Ik zag ineens de jongeman binnenkomen die ik op het terras samen met de oude man gefotografeerd had. Hij keek even rond en liep toen naar het tafeltje waar Kathleen met haar rimpelige begeleider zat. Hij gaf haar een hand en ging bij ze zitten. Hij had een perfect gesneden kostuum aan, waardoor hij niet meer op een dommekracht in trainingspak leek maar op een onbetrouwbaar sujet dat zich met criminele zaken ophield.

'Het zal toch niet haar minnaar zijn, die haar fysieke bekoorlijkheden voor grof geld uitbesteedt.'

'Ik denk het niet.'

'En waarom denkt u van niet.'

'Ze is te intelligent om zich met zo'n patserachtig type in de nesten te werken. Die oude heer lijkt me trouwens te heerszuchtig om zich met een afdankertje te laten afschepen. Maar wat dat drietal bij elkaar drijft... Het is iets dat wel de nieuwsgierigheid opwekt omdat zij zo'n bijzondere verschijning is. Anders zou het me Siberisch laten,' zei ik.

'Moet je ze daar nou zien zitten,' zei Federici, terwijl hij de serre in keek. 'Daar wordt het een en ander afgefluisterd. Zij geeft het de uitstraling van iets plechtigs. De heilige drie-eenheid. Vader, zoon en heilige geest. Die vader is wel wat erg gerimpeld. Dat komt ervan als je je schepselen voortdurend in de gaten moet houden. En die zoon, die heeft volgens mij lichtelijk aan Engelse ziekte geleden. Niet genoeg havermout en bruine bonen in zijn jeugd gehad.'

Toen de ober aan hun tafeltje kwam met glazen en een fles Duitse champagne, lachte Federici schamper en zei, 'Kijk eens aan. De spons met edik hebben ze verwisseld voor een flesje Sekt.' Hij haalde zijn notitieboekje uit zijn binnenzak en schreef er enige tijd in. Daarna borg hij het weer op in zijn binnenzak.

'Wat hebt u daar nou in geschreven,' vroeg ik.

'Ja, wat zou ik daar nou in geschreven hebben. Ik hoop dat het u in druk nog eens duidelijk zal worden. Ik jaag ergens achteraan dat, naar ik verwacht, op den duur zinvol zal blijken te zijn. Waarnemingen die een verband moeten leggen tussen gebeurtenissen, waardoor ze een betekenis krijgen. Tot op heden is het een soort geheimschrift dat taboe moet blijven. Wat dat betreft moet ik u teleurstellen. Maar ik zal een tipje van de sluier voor u oplichten. Dat enigszins louche uitziende jongmens dat net bij ze is komen zitten heb ik goed geobserveerd toen hij binnenkwam. Ik zag in één oogopslag dat hij een pistool in de rechterzijzak van zijn colbert had zitten. Ik zie u verwonderd kijken, maar dat is minder vreemd dan u denkt. Ik heb meer dan twintig jaar met zo'n ding op zak gelopen. Als je chauffeur bent van een welgesteld iemand wordt er van je verwacht dat je gewapend bent in geval van een beroving. The old lady had een vermogen aan diamanten om haar hals hangen, nog afgezien van de verdere opsmuk aan oorbellen en ringen. Hier in Nederland mag je niet eens met een pijl en boog over straat lopen. Maar toen ik die jongen binnen zag komen in dat strakke pak zag ik dat de rechterzak van zijn colbertjasje uitbolde met een paar duidelijke plooien. Daar zat iets zwaars in.'

'Het lijkt wel of u recherchewerk doet. Eerst dat bijna onzichtbare veegje lippenstift dat Kathleen op het koffiekopje had achtergelaten en nu ontdekt u weer dat iemand gewapend is aan de plooien in zijn jaszak.'

'Het zijn observaties. Waarnemingen, zoals ik ze noem. Zo kunnen we stellen dat als je door een gewapende bodyguard beschermd moet worden, je een crimineel bent.' Hij schonk de tweede fles wijn uit en hief het glas naar me op. 'En nu gaan we opstappen want het is tegen sluitingstijd.'

Hij betaalde de ober en we gingen naar buiten de nachtlucht in. Hij maakte een breed gebaar naar de sterrenhemel, en zei, 'De feestverlichting is weer voor ons ontstoken. Ik heb eens iets gelezen over de muziek der sferen. Dat uit die immense ruimte een soort zingen tot ons komt. Je moet er wel de juiste antenne voor hebben. In het hotel heb ik voor mijn kamer een heerlijk royaal balkon. Gehuld in een wollen deken kan ik daar uren naar dat verlichte uitspansel zitten kijken. En iedere keer denk ik, als ik weer naar Den Haag terug moet waar je door de luchtvervuiling alleen maar een grauwe deken boven je hebt hangen, ik zeg m'n appartement op en ga hier op zoek naar een onderkomen waar je 's nachts de sterren nog boven je hebt.'

We liepen naar de parkeerplaats naast het café. Ineens

kwam Federici naast me lopen en ondersteunde me.

'Man, je loopt te zwalken als een dronken zeeman. U moet beslist niet aan het verkeer deel gaan nemen. Ik zal u thuisbrengen en dan rijd ik u morgenochtend naar uw auto. Ik wist niet dat u niet tegen drank kon.'

'Ik had al een dubbele whisky in Het Dorstige Hert tot me genomen. Te schielijk. Maar ik red het wel. Als ik eenmaal op de autoweg zit rijd ik als een duivel naar m'n krot.'

Ik opende het portier, schoof achter het stuur en startte. Ik draaide het portierraam open en het Romeinse gezicht van Federici stak naar binnen.

'Ik heb u gewaarschuwd. Ik rijd u met alle plezier naar huis.'

Schouderophalend liep hij naar zijn auto. Ik wachtte even tot hij verdwenen was, toen gaf ik gas. Met lichtzinnig geslingerd wist ik de parkeerplaats te verlaten, maar toen ik op de autoweg zat toeterde bijna iedere tegenligger omdat ik over de witte streep meanderde.

Dit gaat zo niet, dacht ik, en reed een kleine parkeerplaats op aan de kant van de weg. Ik stapte uit en ging op de motorkap liggen die juist aangenaam warm begon te worden. Toen ik zo een poos naar de sterren had liggen kijken stopte er een politieauto achter me. Er kwam een agent uit die me aandachtig opnam.

'Waar zijn we hier mee bezig,' zei een niet onvriendelijke stem.

'Zeshonderdduizendtwee, zeshonderdduizenddrie... Ik ben de sterren aan het tellen,' zei ik. 'Maar nou hebt u me van mijn apropos gebracht. Kan ik helemaal opnieuw beginnen.'

'Ik denk dat ik u maar eens laat blazen,' zei hij en overhandigde mij het apparaat. Toen ik het teruggaf bestudeerde hij het even bij het licht van een zaklantaarn. Zijn enige commentaar was, 'Zo!' Toen vroeg hij naar mijn rijbewijs. Ik haalde het uit mijn binnenzak en gaf het aan hem. Hij schreef het een en ander op, gaf het me terug en zei, 'U krijgt een rijverbod van zes uur opgelegd.'

'Dat heb ik zelf al gedaan. Daar ben ik al uren mee bezig. Ik ga pas weer deelnemen aan het verkeer als ik alle sterren geteld heb.'

De agent schoof naast zijn collega in de auto, maar voor hij het portier dichttrok riep ik, 'Weet u nou hoe ver ik was met tellen?'

'Twee miljoen en nog wat,' riep hij terug.

'En een half,' riep zijn collega.

Toen het portier dichtgetrokken was hoorde ik een bulderend gelach. Daarna reden ze weg.

Toen het ochtendschemer de sterren verbleekte, reed ik weg. Ik was weer aardig bij mijn positieven. Door de ochtendkoelte was de beneveling verdwenen. Thuis maakte ik een kom thee en dronk die op terwijl ik rond het huisje liep. Ineens zag ik dat in een oude boom die overwoekerd was met een struikgewas van klimop een nest van staartmezen moest zitten. Zo'n fijnzinnig getekend vogeltje met voer tussen zijn snavel verdween tussen het gebladerte van de woekerplant. Daarna hoorde ik het gepiep van de jongen. Even later kwam de staartmees weer te voorschijn en vloog heimelijk weg. Ik ging naar binnen en schreef op een stuk papier dat ik staartmezen bij het voederen van hun jongen moest fotograferen. Want het licht was zo vroeg nog een beetje troebel. Eronder schreef ik dat ik moest bellen over de toestand van de vogelwachter. Daarna kleedde ik me uit en ging naakt op bed liggen. Met mijn erectie in mijn hand viel ik in slaap.

Er hing een web neer van dikke glinsterende draden waardoor zich wolken van roet slingerden. Het leken tentakels van een kwal. Ineens kwam Kathleen eruit te voorschijn. Ze was zilverachtig vochtig. Al het lieflijke was uit haar gezicht verdwenen. Ze zag eruit als een verslindende furie. Ze keek naar me alsof ik haar prooi was. 'Doorgaan met aftrekken,' riep ze dwingerig. 'Doorgaan! Met je kont naar me toe,' gilde ze. 'Dat ik je kan zien schijten voor me als je klaarkomt! Ik zal je onderwerpen!' Terwijl het zaad eruit spoot ontlastte ik me voor haar. Een drol gleed langs mijn kloten naar beneden. Vaag hoorde ik de stem van Federici, 'Om voor lust wreedheid voor lief te nemen.' Toen stortte ze zich op mij en zette haar tanden in mijn strot.

Schreeuwend werd ik wakker. Het zaad liep langs mijn

lichaam. Ik gleed uit bed en wankelde naar de douche. Een poos stond ik verdoofd onder het lauwe water. Pas toen ik de warme kraan uitdeed en het ijskoude water over mijn lichaam liet stromen kwam ik weer enigszins bij zinnen. Ik bleef onder de striemende stralen staan tot ik begon te rillen. Toen draaide ik de kraan dicht en wreef mijn lichaam met een ruwe handdoek droog.

Nadat ik een kop sterke koffie gemaakt had belde ik Staatsbosbeheer. Ik vertelde wie ik was en dat ik getuige was geweest van het ongeluk met hun collega en dat ik benieuwd was hoe het met hem ging. Een barse stem, die uit een gelooide keel leek te komen, zei dat de berichtgeving uit het ziekenhuis nogal schaars was, maar dat hij zoveel had begrepen dat hij dat oog kwijt was, wat me een overbodige mededeling leek aan iemand die het eruit had zien rukken. Maar misschien wist hij niet wat er had plaatsgevonden. Daarom vertelde ik hem in detail wat zich allemaal had voorgedaan.

'Die uiltjes kunnen behoorlijk fel zijn als ze op het nest zitten,' zei hij. 'In mijn prille jeugd, toen ik me voor vogels begon te interesseren en me bij de NJN aansloot, heb ik van zo'n zelfde geval gehoord. Een bekende Engelse vogelfotograaf die zich vooral in nachtvogels gespecialiseerd had, is op die manier ook een oog kwijtgeraakt. Ook door een velduil.'

Toen ik vroeg of ik het nummer van de vrouw van de vogelwachter mocht hebben, zei hij dat er geen echtgenote was. Meer vriendinnen. En hij vervolgde bijna vrolijk, 'Hij was een beetje zoals de vogels die hij moest beschermen. Ieder voorjaar een ander liefje. Misschien kwam het wel door al die baltsende vogels waar hij mee van doen had. Want in de broedtijd loop je als het ware door duinen die vervuld zijn van geslachtsdrift. Dat is mooi gezegd, maar ik moet nu dit gesprek gaan beëindigen, want ik krijg bezoek. Maar weest u ervan overtuigd dat we allemaal met onze collega meeleven.'

Na dat telefoongesprek plaatste ik een ladder tegen de achterkant van de schuur. Eromheen en ervoor zette ik lange planken van wrakhout schuin tegen de wand, zodat ik als ik op de ladder stond min of meer aan het oog onttrokken was en door de ruimte ertussen de plaats waar het staartmezennest in de woekering van klimop zat kon waarnemen. Ik zweette van de hitte. Het duurde lang voordat een van de ouders verscheen, want ze zijn zo schuw als ze eruitzien. Kwetsbaar wol in fijnzinnige kleuren. En ze zien iedere verandering in hun omgeving. Uiteindelijk won de voederdrift het van de angst. Het roze en grijs van het verenkleed van het tengere diertje stak prachtig af tegen het plompe groen van de klimop. Er klonk een gulzig gesjirp, want ze hadden lang op hun voedsel moeten wachten. Terwijl ik fotografeerde dacht ik eraan dat de vogelwachter gezegd had dat als hij zo goed kon fotograferen, hij meteen zijn uniform uit zou doen. Misschien was dit wel zijn kans voor de toekomst.

Ik verlangde er ineens naar om Kathleen te zien. Zomaar een beetje praten om de bloederige beelden van het ongeluk, die steeds weer bovenkwamen, te vergeten. En om die gewelddadige droom kwijt te raken. Om te zien dat ze nog steeds de koele schoonheid was. Die erhabene Frau. Het werd gloeiend heet. Ze zou straks wel op het naaktstrand liggen.

Ik ging me scheren en toen het scheerschuim in een dikke laag op mijn gezicht zat keek ik aandachtig naar mezelf in de gebarsten spiegel boven de gootsteen. 'Spiegel, spiegel aan de wand, wie ben ik?' zei ik bijna fluisterend tegen mezelf. Ik had vaak mijn spiegelbeeld gefotografeerd. Maar nooit met welbehagen. Altijd onderzoekend, bijna vijandig. Alsof ik als antwoord wilde krijgen, Ik ben die ik ben. Wat ik afbeeld is door mij weloverwogen gezien.

Toen ik me geschoren had en schone kleren aangedaan, haalde ik de planken en de ladder weg om de staartmezen niet langer te verontrusten, gooide mijn fotos in de terreinwagen en reed de kant op van de strandtent. De lucht was zo blauw dat je je niet kon voorstellen dat daar dat hele gruwelijke firmament dat zich miljoenen lichtjaren uitstrekte achter schuilging. Het leek een blauw afdak waaronder de mensen vredig konden leven zolang ze niet van de verkeerde appel aten.

Op de parkeerplaats zag ik helemaal achteraan, waar geen andere auto's stonden, de Amerikaan van de oude man. Ernaast stond nog een auto. Ik reed er even langs. Het was het nieuwste model BMW. Je scheen goed te verdienen als bodyguard.

Ik voelde me teleurgesteld, want ik wist dat ik Kathleen niet te spreken zou krijgen. Ik vroeg me af wat die drie toch met elkaar hadden. Ik parkeerde mijn auto tussen de andere en liep de duinen in. In de verte zag ik het blikkeren van het duinmeer. Als het landinwaarts bladstil is heb je aan de zeekant altijd een lichte bries die het zonnen in de hitte aangenaam maakt. Langs een eeuwenoud pad dat door jutters in de duingrond was uitgesleten liep ik door de dichte bossen helm tegen de duinen op. Bijna op de top kroop ik op handen en voeten verder. Voorzichtig keek ik door de helm. Er lagen alleen maar wat paartjes op het naaktstrand, de meeste in elkaars armen. Verderop lag een groepje gebruinde jongens die een beetje gein aan het maken waren en elkaar betastten. Soms klonken er meidengilletjes op als er een tik tegen een erectie werd uitgedeeld. Er kwamen scènes in je op van dansende faunen op Griekse vazen. Een lustig ravotten in je nakie.

Toen zag ik dat in de verte, waar geen sterveling zich meer bevond, een blauw windscherm stond waar het tanige bovenlichaam van de oude man bovenuit stak. Met een verrekijker tuurde hij over zee. Pas toen zag ik het zeiljacht, dat niet ver uit de kust voor anker lag. Het was zo'n ijle verschijning dat het uit een paar vegen zeeschuim vervaardigd leek. Een schip zoals soms in je dromen voorbijglijdt. Dat zo in rook op kan gaan.

Achter het blauwe windscherm kwamen ineens de bodyguard en Kathleen te voorschijn. Ze had haar afgeknipte spijkerbroek aan. Ze ging langs de branding lopen en stretchoefeningen doen. Hij had een zeilplank bij zich en liep naar zee. Hij zette het zeil erop en even later zweefde hij over de lichte golfslag met een zwier die in strijd leek met zijn gedrongen lichaam. Hij maakte een bocht bij het zeiljacht en verdween erachter. Ik vroeg me af of hij aan boord gegaan was. Even later kwam hij weer te voorschijn en zette koers naar de kust. Ik zag dat hij een grote rugzak om had. De oude man wenkte Kathleen en besprak iets met haar. Ze liep naar de vloedlijn en begon hard te lopen in de richting van de strandtent. Toen de bodyguard aan land kwam gooide hij zijn zeilplank neer. De oude man riep hem en wees in de verte. De bodyguard rende voorovergebogen naar de duinen. Hij kon mij niet zien want ik lag te ver weg verscholen tussen de helm. Even later kwam hij zonder rugzak terug en ging naast zijn zeilplank liggen.

Door mijn telelens keek ik in de verte. In de zinderende hitte, die de kleur had van een zandstorm zag ik de patrouillewagen van de Rijkspolitie aankomen. Toen ze bij Kathleen waren stopten ze en gingen een praatje met haar maken.

Ik deed mijn fototoestel in mijn tas en liep naar de plaats waar de rugzak verborgen moest zitten. Ik had hem gauw gevonden, want je moet de natuur begrijpen om er goed gebruik van te kunnen maken. En dat behoorde, zoals ik verwachtte, niet tot zijn bagage.

Ik sjouwde de rugzak, die zo zwaar was dat er tientallen kilo's heroïne of coke in moesten zitten, naar het zompige pad door de wildernis aan de rand van het duinmeer. Ik moest me soms bukken voor de takken van wilgen die als mangroven in het modderige water stonden. Voor de reigers die mij met gekrijs en braakgeluiden boven de begroeiing volgden hoefde ik niet bang te zijn. Er zou voorlopig geen bewaking zijn. Ik moest snel handelen, want zodra de patrouillewagen bij de punt van het eiland gekeerd was en weer gepasseerd zou zijn, zouden ze meteen de rugzak op komen halen. Ik ging, om geen sporen in de modder achter te laten, hogerop lopen waar de bodem zanderig was. Onder een dicht bos braamstruiken en egelantieren schoof ik de rugzak. Je moest al hele scherpe ogen hebben en de natuur kennen om daar iets te ontwaren dat er niet hoorde. Het vreemde voorwerp werd opgenomen in de wereld van takken, bladeren en de schaduwen die ertussen hingen.

Ik rende met grote sprongen naar de parkeerplaats, gooide mijn fototas in de terreinwagen en reed nog even langs de Amerikaan van de oude man en de bmw. Ze stonden nog net zo. Toen reed ik de asfaltweg door de duinen en de dennen af naar huis.

Federici zat op een ouwe rieten stoel die hij onder het afdak vandaan gehaald moest hebben, bij de voordeur van het huisje. Zijn fiets stond tegen de muur. Hij had een sporthemd aan en een korte broek. Het viel mij op dat hij gebruinde en gespierde benen had. Opnieuw moest ik denken aan de centurio die naar Rome verlangt.

Ik begroette hem, opende de deur van het huisje en vroeg of hij soms ook een glas whisky wilde.

'Als u nog wat in die heerlijke fles van vorige keer hebt, maar al te graag. Dan zullen we op deze prachtige dag het glas heffen. U bent in ieder geval heelhuids thuisgekomen. Ik maakte me echt ongerust, zoals u daar naar de auto wankelde.'

Terwijl ik de whisky inschonk, riep hij, 'Het eiland is zo godvergeven van de toeristen, dat ik de auto heb laten staan en de fiets heb genomen om langs de bosrand naar dit oord van stilte te peddelen. Als ergens nog het paradijs bestaat is het hier, waar je alleen vogels hoort fluiten en insecten zoemen.'

Ik kleedde me uit en ging in mijn boxershort met een ligstoel naar buiten. Daarna haalde ik de glazen whisky. Terwijl ik hem zijn glas gaf en naast hem ging zitten zei hij, 'U kunt wel wat zon gebruiken. Maar uw body ziet er nog perfect uit. Doet u aan krachttraining?'

'Niet fanatiek. Net genoeg om lenig te blijven. In mijn vak kan je je niet als een houten klaas in soms moeilijk begaanbaar terrein begeven. Dan denken mijn gevederde vrienden dat ik een vogelverschrikker ben.'

Hij hief zijn glas en we toastten op de mooie zomerse dag. Toen keek hij mij onderzoekend aan en zei, 'U ziet er bezorgd uit.'

Ik knikte.

'En waaruit bestaan die zorgen, als ik zo vrij mag zijn me met uw particuliere leven te bemoeien.'

'Vanmorgen had ik ineens behoefte om Kathleen te zien. Op de parkeerplaats bij de strandtent zag ik de auto van de oude man staan. Ernaast stond een BMW, waarvan ik vermoedde dat die van zijn bodyguard was. Een teleurstelling. Als ze er al was dan was ze dus niet alleen. Door de duinen liep ik naar het naaktstrand. Aan het eind, waar het doodstil was, zag ik een blauw windscherm staan waarboven het tanige lijf van de oude man uitstak. Met een kijker tuurde hij over zee. Toen zag ik een zeiljacht dat buiten de branding voor anker lag. Even later verscheen Kathleen van achter het scherm. Toen de bodyguard, die met een zeilplank de zee in ging richting het zeil-jacht. Hij verdween erachter. Even later verscheen hij weer, met een grote rugzak om. Toen hij aan het strand kwam gooi-de hij de rugzak achter het scherm en wilde naast de zeilplank gaan liggen. Maar de oude man wenkte hem en liet hem door de kijker de verte in turen. Hij deed de rugzak om en rende ermee tegen het duin op. Ik lag ver genoeg bij hem vandaan, zodat hij mij niet opmerkte. Toen hij terugkwam bracht hij zijn kleren in orde alsof hij geürineerd had. De oude man sprak even met Kathleen die meteen langs de vloedlijn in de richting van de strandtent een beetje sportief ging uitlopen. Ik keek door de telelens om te zien wat die paniek teweeg had gebracht. In de verte zag ik de patrouillewagen van de Rijkspolitie aankomen. Toen ze bij Kathleen kwamen stopten ze en maakten een praatje met haar. Ik rende meteen de dui-nen in en had de rugzak, die onhandig onder wat helm ver-stopt was, zo gevonden. Hij was zo zwaar dat er vele kilo's heroïne of coke in moesten zitten. Opzij van het duinmeer heb ik hem verstopt en ben naar mijn auto gerend.'

'Daar hebt u een vrij stomme streek uitgehaald. U had meteen de politie moeten waarschuwen.'

'Dan was Kathleen er ook bij geweest als medeplichtige.'

'U wilde de schoonheid redden maar hebt uzelf in levensge-vaar gebracht.'

'Zo'n vaart zal het toch niet lopen.'

'Als ik de verschijnselen waarneem, zijn dit geen kleine jon-gens. En als die rugzak inderdaad zo zwaar was als u zei, dat u hem met moeite naar de plek kon zeulen waar u hem ver-stopt hebt, gaat het om miljoenen euro's. Ze zullen u achter-volgen tot ze de buit terug hebben. En dan heb je kans dat de dood van een gewetensvol fotograaf de voorpagina's van de kranten haalt. Afrekening in het criminele circuit.'

Hij begon een beetje hinnikend te lachen en nam een slok van zijn whisky.

'Ziet u wel, u gelooft er zelf niet in.'

'Het lijkt een iets overdreven scenario, maar wat ik ermee zeggen wil is dat u zeer op uw hoede moet zijn. U bent, hoe noemen ze dat in de politiek ook al weer, aangeschoten wild.'

'Ze hebben toch niet het flauwste vermoeden dat ik ze daar bespied heb.'

'Denkt u dat nu echt. Ze weten trouwens van Kathleen dat u daar hebt liggen fotograferen en met haar op het strand hebt gelegen. Gelooft u maar dat toen ze die rugzak misten ze het hele terrein hebben uitgekamd en misschien voetsporen hebben aangetroffen. En zelfs als ze hem gevonden mochten hebben, maakt dat uw situatie niet minder netelig. En ook Kathleen, onze struise Mata Hari van de zeekust, loopt gevaar. Volgens mij is ze maar een kleine schakel in het geheel, maar u kent het gezegde, een ketting is niet sterker dan zijn zwakste schakel. U moet niet vergeten dat dit wereldwijde complotten zijn. Vanuit de Caraïben of daaromtrent nemen vrachtboten zo'n portie mee en laden die op volle zee over op een zeiljacht dat het, zoals u hebt waargenomen, aan de kust aflevert, want in de havens is de controle zeer scherp. En deze eilandenreeks is natuurlijk een uitgelezen situatie voor zoiets. Ik weet niet of u het indertijd gelezen hebt, maar een paar jaar geleden hebben ze hier twee Amerikanen gearresteerd die op een rubbervlot met drugs ronddobberden.'

'Wat raadt u mij dan aan.'

'Als ik het voor het zeggen had zou ik u met de eerstvolgende boot laten vertrekken. Maar als u tot het type behoort dat zijn mannetje wil staan, en ik vrees dat u daartoe behoort, zou ik zeggen... wapen u, laat u niet zomaar liquideren!'

'Achter in het schuurtje staat nog een oude zeis, maar die is zo bot dat je er niet eens een stokbrood mee kan doorhakken,' zei ik lachend. 'En ze zullen dan ongetwijfeld denken dat ik er met de drugs vandoor ben.'

'Dat is zo. Kunt u met vuurwapens omgaan?'

'Het is niet mijn meest geliefde bezigheid. Maar in mijn diensttijd kon ik er aardig mee overweg. Iedere fotograaf heeft een vaste hand. Dat is een voorwaarde voor dit beroep.'

'Ik heb u verteld dat ik altijd een pistool op zak had om the old lady en haar bezittingen te beschermen. Toen ik naar Nederland terugkeerde heb ik die gehouden. Niet uit veiligheidsoverwegingen, waarom zou ik. Ik ben van mijn leven nog nooit bedreigd. Het was voor mij een souvenir en misschien ook een symbool van mijn bijzondere verhouding tot the old lady. Er ging geen maand voorbij of ik maakte hem schoon en poetste hem op. Het is een enigszins verouderd model. Hij is ook wat zwaarder dan waar ze tegenwoordig mee rondwandelen. Maar daardoor ligt hij vaster in de hand. En wat een groot voordeel is, hij staat nergens geregistreerd. In die tijd kon je je overal in Frankrijk, en zeker aan de Côte, van een wapen voorzien. Bij wijze van spreken in het winkeltje op de hoek. Twee ons paté, zes eieren en een pistool. Er werd ook lustig op los geschoten in die contreien. U kent de films van Melville natuurlijk wel.'

Ik knikte en verdeelde het restje whisky over onze glazen.

'Volgende keer neem ik een fles mee. Ik heb nog een malt whisky op mijn kamer die zeker zo voortreffelijk is als deze. En misschien breng ik dan ook het pistool mee. Vrijblijvend natuurlijk. Dan kunt u zelf zien of u hem een poos onder uw hoede wilt nemen.'

'Ik ben iemand die alles met woorden oplost. Dat lukt me tot op heden vrij aardig. Woorden blijken vaak de beste wapens.'

'Weet u wat ik nu zo, ik zou bijna zeggen, tragisch vind. Dat uw verhaal over uw belevenissen een duistere slagschaduw werpt over deze stralende zomerdag. Het is net of over alle frisse kleuren om ons heen de grauwsluier van de dood is komen hangen.'

'Dat klinkt wel erg somber.'

'En dat is het ook. Want of ze die rotzooi van ze nou vinden of niet, er is geen twijfel aan dat ze zullen proberen u het zwijgen op te leggen. En ook onze mooie vriendin loopt gevaar.'

'Er schiet me ineens iets te binnen. Een uitspraak van haar die ik nogal raadselachtig vond. Het was ons eerste gesprek. Ze lag naakt te zonnen en ik bekeek haar door de telelens. Ik zag die prachtige billen van haar, bijna lichtgevend door het schelpenzand dat eraan kleefde. Kalfsvlees, om een bekend schrijver aan te halen. Ik liep het duin af naar haar toe en vroeg of ik even bij haar mocht komen zitten. We hadden een gesprek over de gruwelijkheden die in de geschiedenis van tijd tot tijd hebben plaatsgevonden, en toen zei ik tegen haar, hier zitten we in ieder geval vredig door de zee omringd. Toen antwoordde ze dat dat wel eens behoorlijk tegen zou kunnen vallen. Een slip of the tongue, dacht ik, want toen ik vroeg waarom, zei ze, en dat heb ik letterlijk onthouden, "Je moet nooit te veel weten. Wat je niet weet bestaat niet."'

'Dat weten we nu dus wel,' zei Federici. 'Het zou best wel eens kunnen dat ze een belangrijker rol speelt dan alleen maar als verleidelijke afleiding, zoals u net verteld hebt. Misschien zijn de verhalen over die opwindende voorstellingen voor die oude man een manier om u zand in de ogen te strooien. Fantasievolle arabesken. Bespreekt hij alleen met haar de strategie die gevolgd moet worden bij de volgende lading die aan wal komt.'

'Ze heeft zich voor mij ook gevingerd,' zei ik ineens. 'En ik moet zeggen dat ze er zeer bedreven in was.'

Hij keek mij verwonderd aan. 'Dan heeft ze dus niet alleen koffie gedronken zoals u aanvankelijk zei,' zei hij ironisch. 'Ik zou bijna zeggen, dan zit u er nog eens tot over uw oren in. Dan wordt het bijna een middeleeuws treurspel. U wilt de maagd verlossen uit de klauwen van de draak. Want ik denk dat u, zonder dat u dat nou zo bewust weet, verliefd op haar bent. Ik denk dat het niet alleen haar schoonheid is die u bewondert. Het gaat waarschijnlijk dieper.'

'Dat zou best wel eens kunnen. Ik droom van haar.'

'Wat droomt u dan over haar, als ik zo vrij mag zijn.'

'Dat zou ik u niet kunnen vertellen zonder te blozen,' zei ik met een glimlach. 'Dus dat laten we maar even zo.'

'Als u haar maar niet misbruikt in uw dromen,' zei hij spottend.

'De werkelijkheid wordt altijd misbruikt in dromen. Daar zijn ze voor.'

Hij knikte en keek me onderzoekend aan. Toen sprong hij op en zei, 'Ik spoed me even naar het hotel om de fles whisky te halen. Dan drinken we nog een goed glas op de netelige positie waarin u zich bevindt. En ik breng het pistool mee. Dan moet u maar zien wat u ermee doet. Ik neem hem zo weer mee terug als het u niet aanstaat. Je moet je, als je gewapend bent, vooral realiseren dat zo'n wapen met je op de loop kan gaan. Je voelt je beurtelings misdadiger en detective. Het geeft je een gevoel van onkwetsbaarheid. Alsof je al het onheil van de wereld op afstand kunt houden. Daarom lopen ze in Amerikaanse films vaak met twee van die dingen. Ik zal het nooit vergeten, ik heb eens in een western een scherpschutter horen zeggen, "Sommigen hebben er twee, maar één is genoeg."'

Toen hij uit het zicht verdwenen was, kleedde ik me aan, pakte mijn fototoestel en ging naar het dal om wintergroen en andere gewassen met minuscule bloempjes te fotograferen. Als je ogentroost door je voorzetlens bekeek kreeg je kleurenbogen en vlekken in paarse en gele tinten alsof het het decor was van een show om de burgers te epateren, om hun monden open te laten vallen van verbazing. De meeldraden en de stamper leken danseressen die doordrenkt waren van nectar. Terwijl ik daar zo vol aandacht lag, alsof ik weggezogen werd in die door kleur en licht versierde feesthal, schopte er ineens iets vinnig tussen mijn schouderbladen. Ik keek omhoog in het gezicht van de bodyguard van de oude man. Hij hield een pistool met geluiddemper op mij gericht.

'Opstaan!' siste hij.

'Ik zou liever nog even blijven liggen,' zei ik.

'Dan zou je wel eens voorgoed kunnen blijven liggen.'

Ik kwam overeind en vroeg, 'Waar heb ik dit bezoek aan te danken?'

Hij drukte de loop van het pistool tegen mijn rug en zei, 'Niet lullen. Moven.'

Toen we over het duin kwamen zag ik dat hij zijn bmw bijna het huisje had binnengereden. Hij deed het portier voor me open en maakte een beweging met zijn hoofd dat ik in moest stappen.

'Even mijn fototoestel naar binnen brengen,' zei ik. 'Je zou toch niet willen dat ik van jouw handel en wandel een fotoreportage maak. Zo gemakkelijk moeten we het de politie ook weer niet maken.'

Hij drukte, toen we naar binnen gingen, het pistool nog steviger in mijn rug. Ik wist dat hij niets zou doen voordat hij de rugzak met drugs te pakken had. Binnen was het een ravage. De tafel en stoelen lagen ondersteboven. Overal waar iets verstopt zou kunnen zitten was de boel hardhandig uit elkaar gerukt en overhoop gegooid. Het matrasovertrek was aan flarden getrokken. De spullen uit mijn fotolas lagen over de grond verspreid tussen de scherven.

'Dat is ook snel gebeurd. Ik geloof dat jullie hier een orgie hebben gehouden in ijltempo,' zei ik. 'Alleen de afgerukte kleding van de dames ontbreekt.'

Ik legde mijn fototoestel op het aanrecht tussen de glassplinters en hij dwong me weer naar buiten de auto in. Hij hield het pistool op mij gericht terwijl hij langs de voorkant van de auto omliep en achter het stuur plaatsnam. Toen reed hij met zoveel vaart weg dat de auto even op het zanderige pad slipte.

Ik hoopte maar dat Federici niet ineens zou verschijnen met zijn fles whisky en zijn pistool, want dan behoorde een ouderwets vuurgevecht niet tot de onmogelijkheden. En ik wilde beslist niet dat hem iets zou overkomen. Het was mijn zaak en ik zou proberen het tot een zo goed mogelijk einde te brengen.

Toen we op de autoweg waren ging hij zo hard rijden dat ik zei, 'Ik ga jou beslist op je verjaardag een snelheidsbegrenzer geven. Als je mij nou dat pistool even geeft, dan kan je allebei je handen aan het stuur houden. Straks liggen we in de sloot en kan ik de ambulance voor je bellen.'

Hij zei alleen maar, 'Godverdomme!' en keek strak voor zich uit.

'Wat heb jij eigenlijk een rotkop,' zei ik. 'Heb jij indertijd niet een klein rolletje gehad in The Godfather. Daar liep zo'n onderdeurtje in rond dat allerlei vieze werkjes moest opknappen en eindigde in een ketel met kokende pastasaus.'

'Als je nog een keer je mond opendoet stamp ik je bek in elkaar!'

'Als je nou eerst eens uitlegde wat deze ontvoering te betekenen heeft, konden we misschien op een normale conversatie overgaan.'

'En dat zal jij niet weten. We hebben je sporen gevolgd, en nou ga jij me laten zien waar je de rugzak verstopt hebt.'

'Een rugzak,' zei ik quasi onnozel. 'En waarom zou ik me wederrechtelijk een rugzak toe-eigenen en hem daarna verstoppen. Wat zit er meestal in een rugzak. Een fles water of frisdrank, een zwembroek, maar misschien ben je wel een enorme snoeper en zit hij vol met wine gums, chocolade en pakken koekjes. Dus daarom ontvoer je mij. Voor een handvol snoep. Maar misschien zat er nog wel iets veel lekkerders in. Kilo's bruine suiker die door kenners vaak brown sugar wordt genoemd.'

Met het pistool gaf hij mij een keiharde klap op mijn handen. 'Dit is echt het laatste wat ik van je gehoord heb. Als je denkt dat je me dol kan draaien heb je het mis.'

Hij reed de parkeerplaats bij de strandtent op, en zei voor hij me uit liet stappen, 'Je wijkt geen meter van mijn zijde. Als je om hulp roept of probeert te ontsnappen, kom je in het zand te liggen.'

'Zouden ze niet denken dat we een homostel zijn als we zo dicht tegen elkaar de duinen in gaan?'

Hij deed alsof hij me niet hoorde.

Terwijl we de asfaltweg overstaken en het duin in liepen dacht ik hoe ik zou kunnen ontsnappen. Ik pijnigde mijn hersens af, want ik twijfelde er geen moment aan dat hij me neer zou schieten. Hij moest wel, ik was de enige getuige. Toen we aan het glibberige pad kwamen langs het duinmeer gingen de reigers met afschuwelijke kreten op de wieken. Je zag hun vlerken dreigend zwaaien boven het loof van de wilgen.

'Hier broedt een kolonie pimpelmezen. Die zijn niet blij met ons bezoek, zo te horen. Het is niet te hopen dat een vogelwachter dit gefladder en gekrijs waarneemt. Dan zijn we er allebei vies bij.'

Hij gaf me een harde stoot met de loop van het pistool in mijn ribben, en siste, 'Doorstomen!'

We waren al voorbij de plaats waar de rugzak verborgen lag.

'Waar heb ik dat ding nou gelaten,' mompelde ik binnensmonds.

Het pad werd bijna onbegaanbaar. Er stonden plassen en je moest wilgenstammen opzij buigen om door te kunnen. Toen ik een stam zo ver als mijn krachten het toelieten opzij boog, alsof ik de doorgang voor hem wilde vrijmaken, liet ik me ineens op de grond vallen zodat de stam met een veerkrachtige zwaai over mij heen schoot. Toen ik opstond lag hij op de grond. De stam had zijn strottenhoofd tot een bloederige plek geslagen. Zijn pistool lag naast hem. Ik dacht dat hij bewusteloos was. Ik raapte het wapen op en stak het in mijn broekzak. Even kwam het in mij op om met de kolf van het pistool zijn gezicht in elkaar te slaan tot zijn hersens uit het gebeente van zijn schedel puilden. Maar mijn woede verdween toen ik hem daar zo hulpeloos zag liggen. Als de barmhartige Samaritaan boog ik me over hem heen en knoopte zijn hemd open. Toen deinsde ik achteruit. Over de hele linkerkant van zijn borstkas zat een groot litteken. Het zag er rood en rauw uit. Het moest nog maar kort geleden zijn dat hij een hartoperatie had ondergaan. Ik drukte mijn vingers tegen zijn halsslagader. Ik voelde niets. Dood vlees. Daarna trok ik zijn ooglid omhoog. Zijn pupil leek van glas. Ik keek in een levenloos glazen oog. Ik trok zijn ooglid naar beneden en ging naast hem zitten. Er was toch niets aan te doen.

'Kloterige schlemiel, moest je daarom zo de branie uithangen,' mompelde ik.

Ik had er bijna spijt van dat ik hem zo had lopen stangen om hem zenuwachtig te krijgen. Ik vroeg me af wat ik moest gaan doen. Als ik de politie belde zou de hele connectie waarschijnlijk opgerold worden. Maar dan kwam Kathleen ook in de gevangenis, en dat was de beste leerschool voor datgene waar ik haar juist uit los wilde weken, de georganiseerde misdaad. Om de terminologie van de geijkte misdaadliteratuur te gebruiken, ik zat met een stiff in een van de mooiste natuurgebieden van Nederland.

Ik sprong op met het gevoel dat ik uit een nachtmerrie ontwaakte. Ineens wist ik wat ik moest gaan doen. Ik liep naar het ondoordringbare vlechtwerk van bramen en egelantieren waar de rugzak onder verstopt zat en trok hem te voorschijn. Ik kon hem niet eens meer optillen. Mijn krachten waren door de gebeurtenissen weggevloeid. Ik sleepte de rugzak tot bij de bodyguard, knoopte zijn hemd dicht, duwde zijn bovenlichaam naar voren en deed de banden om zijn schouders. Daarna maakte ik de riem om zijn middel vast en duwde hem het water in. Door het gewicht van de rugzak zonk hij meteen. Ik zag nog even zijn bleke gezicht. Het was net of hij naar beneden getrokken werd door de luchtbellen van moerasgas die rond hem opborrelden uit het venige water. Ik pakte het pistool, haalde de geluiddemper eraf en gooide die hem na als een laatste groet.

Het hele stuk naar huis moest ik over het strand teruglopen. Zo onopvallend mogelijk. Ik had me een beetje als een ouderwetse badgast uitgedost. Ik had mijn schoenen uitgedaan en met de veters bij elkaar gebonden. Mijn sokken had ik erin gepropt. Mijn broekspijpen had ik opgerold tot net onder mijn knieën, terwijl de dichtregels van Eliot in me opkwamen, 'I grow old... I grow old..., I shall wear the bottoms of my trousers rolled.' Soms liep ik een beetje kakkerig door de branding zoals bejaarden dat doen. Ik voelde me belachelijk en triest. Op stukken waar het stil was zette ik even een spurt in.

Toen ik ter hoogte van het huisje was klom ik het duin op. In het dal was nog duidelijk de plek zichtbaar waar ik had liggen fotograferen. Ik dacht eraan dat als ik het er niet levend had afgebracht de afdruk van mijn lichaam in de geplette planten nog lang zichtbaar zou zijn geweest. Ik moest denken aan het gezicht van de bodyguard, zoals het verdween in het veenkleurige water.

Voor het huisje zat Federici. Hij had zijn notitieboekje op schoot en was aan het schrijven. In zijn linkerhand had hij de fles whisky, waarschijnlijk omdat er geen heel glas meer aanwezig was. Toen hij een slok nam zag hij me aankomen. Er trok een bijna gelukzalige glimlach over zijn gezicht. Hij hief de fles triomfantelijk omhoog en riep, 'Een geestverschijning met opgerolde broekspijpen.' Daarna liep hij naar me toe en omhelsde me met een hartelijkheid zoals Italianen dat kunnen doen. Hij gaf me de fles whisky en ik nam een paar grote slokken. Daarna viel ik uitgeput neer op de stoel naast de zijne. Hij nam de fles van me over, pakte zijn notitieboekje van de zitting van zijn stoel en ging zitten.

'Ik vreesde het ergste en was vastbesloten om de politie te alarmeren. Ik laat u eerst even bijkomen, voor ik uw belevenissen wil aanhoren. Maar ik brand van nieuwsgierigheid.'

'Dan steek ik meteen van wal,' zei ik. 'Toen u weggereden

was om de drank en het pistool te gaan halen, heb ik me aangekleed en ben in het dal achter dat duin al die minuscule bloemen en planten gaan fotograferen met de voorzetlens. Ik was zo in mijn werk verdiept dat ik niets opmerkte. Toen stond die bodyguard ineens achter me met een pistool. Hij dwong me om in zijn auto plaats te nemen en we reden naar de parkeerplaats achter de strandtent. Toen we langs het duinmeer liepen en aan de plaats gekomen waren waar ik de rugzak verstopt had moest hij me even naar boven laten klauteren, maar het pistool hield hij op mij gericht. Ik trok de rugzak tussen de struiken vandaan. Ik pakte hem op en wierp hem met alle kracht die nog in me was naar hem toe. Om de rugzak te ontwijken verloor hij zijn evenwicht. Op dat moment was ik meteen in het struikgewas verdwenen. Als een bezetene rende ik door duindoorns en distels. Ik geloof niet dat hij geprobeerd heeft mij te volgen. Dat was ook onbegonnen werk voor hem geweest. Ik zat onzichtbaar weggedoken en zag hem met de rugzak om beneden me langs het pad naar de parkeerplaats zeulen. En toen gebeurde er iets vreemds. Ik dacht dat hij naar zijn BMW zou lopen maar hij liep naar een sportwagen, waarin iemand achter het stuur zat, gooide de rugzak op de achterbank, stapte toen zelf in en in razende vaart reden ze weg. Hij heeft ze dus allemaal verlinkt.'

'Neem maar een slok,' zei Federici. Hij gaf me de fles en begon te grinniken. 'Dan ga je in je vakantie wat bloemetjes en vogels fotograferen, en dan verval je van de ene ellende in de andere. Eerst dat tragische ongeval met die vogelwachter en daarna bent u door uw eigen naïviteit bijna een slachtoffer van de onderwereld geworden. En dat allemaal door die sirene, die u uit het web van de misdaad wilde bevrijden maar die u aardig ingesponnen heeft. Ik moet zeggen, als het verhaal klopt dat u mij vertelde, dat u zich kranig hebt gedragen. Maar dit is nog niet het einde.' Hij haalde zijn sigarettenetui te voorschijn en stak een sigaret op. 'Hebt u enig idee hoe dit af gaat lopen?'

Ik haalde mijn schouders op en vroeg me af of hij gezien had dat ik een pistool op zak had.

'Vandaag of morgen zal Kathleen hier verschijnen. Want die ouwe baas van haar moet weten wat er gebeurd is. Het zou me niets verwonderen als hij al op de parkeerplaats geweest is en de BMW heeft zien staan. Dat kan dus betekenen dat hij door zijn eigen bodyguard bedrogen is, of dat u het sujet hebt uitgeschakeld. Zelf zal hij op zijn leeftijd dat terrein niet binnen kunnen dringen, maar misschien zal hij Kathleen dwingen om op onderzoek uit te gaan om uit te vinden wat zich heeft voorgedaan. Wat nou zo bijna tragikomisch is, is dat u er geen snars mee bent opgeschoten. U staat nog steeds op de dodenlijst.'

Hij nam een slok whisky en gaf de fles aan mij.

'Hier, drink nog maar wat. Dat wakkert de geestkracht aan.' Hij pakte de plastic tas die naast zijn stoel stond en haalde het pistool eruit. 'Naast geestkracht heb je ook vuurkracht nodig.'

'Ik blijf dit weigeren. Ik heb u net verteld hoe ik me uit een levensbedreigende situatie heb weten te redden.'

'Er kunnen zich situaties voordoen dat je zou smeken dat zo'n stukje metaal het verlengde van je hand was. Maar het is een keuze. Van die oude man zelf zult u geen last hebben. Die zullen nooit zelf iemand liquideren. Daar hebben ze hun mannetjes voor. En soms hun vrouwtjes, als u begrijpt wat ik bedoel.'

'Ik heb zo mijn eigen methode. Een combinatie van slimheid en onnozelheid.'

'U wilt te veel de nobele ridder uithangen.' Hij stond op, stopte het pistool in de plastic tas terug en liep het huisje in.

'Hebt u dit al gezien,' riep hij.

'Voor ik bij hem in de auto moest stappen heb ik mijn fototoestel binnen gelegd. Toen zag ik de ravage. Ik zei nog tegen hem, het lijkt wel of je even een bliksemorgie op touw hebt gezet.'

'U moet nu eens komen kijken.'

Ik stond op en liep naar binnen. De tafel stond weer op zijn plaats, de stoelen eromheen. Het matras lag weer op het bed, de gebroken glazen waren opgeruimd en mijn fotospullen waren in mijn tas gestopt.

'U hebt behoorlijk uw handen laten wapperen.'

'Ik dacht, mocht er sprake zijn van een thuiskomst, dan ziet het er in ieder geval weer bewoonbaar en gezellig uit. Ik verloor zo al doende de spanning van het wachten. Dat ik niet meteen de politie gebeld heb, komt toch omdat ik een zeker vertrouwen in u had. Met respect gezegd, ik dacht, die vreemde snaak redt het misschien wel.'

Ik pakte mijn fototoestel uit de tas en keek op het schermpje naar wat ik één uur voor mijn aanvankelijke dood gefotografeerd had. Het licht en de kleur spatten ervan af.

'Kijk,' zei ik, en liet Federici de foto's zien. 'Dit had mijn eigen requiem kunnen worden. Dat bloemetje is in werkelijkheid amper een paar millimeter.'

'Wat een bijna hemelse kleuren. Weet u wat ik nou zou willen als ik dit aanschouw. In Spinoza gaan lezen. Maar die heb ik helaas niet meegenomen op mijn vakantie.'

'Laten we naar buiten gaan en nog een flinke slok nemen. Onder normale omstandigheden leef ik bijna als geheelonthouder. Maar nu heb ik het echt nodig.'

We gingen weer buiten zitten en reikten elkaar de fles aan.

'Weet u wat ik ga doen als ik volgende week weer in Den Haag ben?' zei Federici. 'Ik loop het Mauritshuis in en ga een uur naar het Gezicht op Delft van Vermeer kijken. En dan bid ik voor u, voor the old lady en voor het jongetje dat ik, heel lang geleden, zelf ben geweest.'

Het begon al donker te worden toen ik hoorde dat er een fiets tegen het huisje werd gezet. Ik zat in gedachten verzonken over alle ellende die ik had meegemaakt. Ik sprong op, pakte het pistool onder het matras vandaan en legde dat op tafel met een T-shirt eroverheen. Ik ging weer zitten en toen er geklopt werd, riep ik, 'Treed binnen Kathleen, gij gezegende onder de vrouwen.'

Kathleen verscheen in de deuropening, en vroeg, 'Wat riep je daar nou?'

'Dat je welkom bent, ook al heb je van je baas de opdracht gekregen om me uit de weg te ruimen nadat je me uitgehoord hebt.'

Ze deed haar rugzakje af en gooide de inhoud op tafel. Ze roerde er even met haar handen door en zei, 'Zelfs geen nagelschaartje.'

'Met een nagelschaartje zul je mij toch niet makkelijk dood krijgen.'

'Als je het goeie plekje maar weet te vinden,' zei ze met een ironische glimlach.

Ze stopte haar spullen weer terug in haar rugzakje.

'Ze hebben mij nooit geleerd om met vuurwapens om te gaan. Zo diep zit ik er niet in. Ze gebruiken mij alleen maar als frivole afleiding.'

'Dat heb ik gezien. De Rijkspolitie wist je aardig op te houden met je charmes. De bloem die de wesp moet verbergen. Zou je het zo kunnen formuleren?'

Ze knikte en keek me aan met een zwoele blik. 'Je mag me neuken als je daarna precies vertelt wat er is gebeurd.'

'Zo'n ruil doe ik niet, zeker niet met jou. Je gaat niet voor het klinken champagne morsen. Ik zal je vertellen wat er gebeurd is en wat we daarna doen zien we wel. Maar eerst drinken we een slok whisky, zo uit de fles, want de glazen zijn naar god. Die heeft die vriend van jullie aan stukken gekeild, want hij heeft de boel hier aardig verbouwd toen hij mij niet thuis trof en er niets te vinden was.'

'Hij kan soms behoorlijk gewelddadig zijn zonder dat er enige aanleiding toe is. Volgens mij is hij niet helemaal in orde. Hij heeft een zware hartoperatie ondergaan. Maar de oude heer is gek op hem. Die beschouwt hem als zijn zoon.'

Ik gaf haar de fles aan, ze nam een bescheiden slokje en gaf hem aan mij terug.

'Toen hij mij hier niet aantrof heeft hij zich even uitgeleefd. Ik lag in het dal verderop wat bloemen te fotograferen. Hij is natuurlijk de omgeving af gaan zoeken. Ineens stond hij achter me met een pistool op mij gericht. Ik moest mee om hem te wijzen waar ik die rugzak had verstopt. Ik wist dat hij me dood zou schieten zodra hij die in zijn bezit had. Bij de plek waar ik het gevaarte tussen de struiken verstopt had moest ik even het duin op. Hij bleef beneden wachten met het pistool op me gericht. Ik denk dat hij vond dat als hij vlak achter me bleef lopen een helling op, dat niet zo'n gunstige positie voor hem was. Wat zo vreemd was, was dat ik hem achter me hoorde mompelen, "Brown sugar... brown sugar... brown sugar..."'

'Je meent het.'

'Het klonk net zo als een kind dat niet rechtstreeks iets durft te vragen en daarom, koekje... koekje... koekje, brabbelt.'

'Je neemt me in de maling.'

'Beslist niet. Als ik in een vrolijker bui was geweest, had ik me omgekeerd en gevraagd, "Eén of twee schepjes in je koffie."'

'Ik betwijfel of je serieus probeert te vertellen wat er werkelijk gebeurd is.'

'Toen ik de rugzak uit de struiken trok vroeg ik me af of hij me meteen zou neerschieten als ik ermee beneden kwam. Met al m'n kracht tilde ik de rugzak op en wierp die naar hem toe. Hij moest een sprong maken om hem te ontwijken en verloor zijn evenwicht op het glibberige pad. Met een paar sprongen was ik tussen de struiken verdwenen. Hij heeft niet eens geprobeerd om me te achtervolgen. Er heeft geen schot geklonken. Ik zat onzichtbaar tussen de bramenstruiken. Even later zag ik hem over het pad zeulen. Ik had bijna met hem te doen. Hij liep krom onder het gewicht. En nu komt het belangrijkste. Ik dacht dat hij naar zijn BMW zou gaan, maar hij liep naar een sportwagen waarin iemand achter het stuur zat. Voorzover ik het kon waarnemen op die afstand, een enigszins donker type. Misschien Joegoslavisch. Hij gooide de rugzak op de achterbank, schoof de auto in en toen reden ze met een bloedgang weg. Op die afstand was het onmogelijk om een nummer op te nemen, maar het nummerbord was wit. Het zal dus wel een Duitse auto geweest zijn.'

'Ik weet niet of ik je moet geloven. En wat de oude heer daarvan denkt... Die zal beslist niet kunnen geloven dat zijn oogappel, die eruitzag of hij niet tot tien kon tellen, hem heeft verlinkt.'

Ik keek haar zo oprecht mogelijk aan, en zei, 'Wat blijft er dan over. Dat ik me als leek in zo'n wespennest ga storten. Hoe raak je, als je geen connecties in die kringen hebt, kilo's heroïne kwijt. Dat wordt onherroepelijk je dood. Een paar motorrijders sturen ze langs, en daar lig je op het trottoir.'

'Maar hij zal nooit geloven dat die jongen hem dat geflikt heeft.'

'Hij zal ermee moeten leren leven,' zei ik lachend. 'Hoe vaak komt er zo'n lading met van die rotzooi aan land?'

'Sinds ik erbij betrokken ben, zo'n zes, zeven keer. Het ging altijd goed. Tot vandaag.' Ze keek me met een triestige glimlach aan. 'Het was juist de laatste keer voor me. Ik wilde ermee kappen. Ik had genoeg geld om in een paar jaar mijn studie af te maken.'

'1529, beleg van Wenen door Suleiman de Eerste. We drinken er nog een slok op.'

Ze dronk het restje uit de fles weg en zette hem op tafel. 'Voor mij is er maar één jaartal belangrijk.'

'En welk is dat?'

'1978.'

'Toen ben je geboren.'

Ze knikte. 'Je eigen geschiedenis is toch de enige geschiedenis die je begrijpt. De rest is zo abstract dat je het alleen met je eigen ervaringen een beetje kan invullen. Daarom ziet iedereen de geschiedenis anders.'

'Praat je daar wel eens over met anderen?'

'Ik ben wel altijd met oudere mannen opgetrokken. Daar kan je tenminste mee redeneren. Als je die knullen van mijn eigen leeftijd neemt, dat zijn gewoon primitieve stammen. Ze kruipen zo snel mogelijk bij elkaar om op te scheppen over hoe gek ze hun vriendin hebben gekregen. Het is net een stelletje flikkers.'

Ik pakte de lege fles van tafel en, zo onopvallend mogelijk, mijn T-shirt met het pistool erin en stopte dat in het keukenkastje. Ik rommelde nog wat rond en riep, 'Die vriend van jullie heeft ons sociale leven totaal naar de knoppen geholpen. Er is geen kopje heel gebleven. We kunnen niet eens gezellig zitten schemeren met een kop thee.'

'Dat hoeft toch ook niet,' zei ze en ging zich uitkleden.

Ik trok de voddige gordijnen dicht, knipte het licht aan en deed de deur op slot. Daarna kleedde ik me uit.

'Waarom doe je de deur op slot,' vroeg ze. 'Ben je bang dat ze me weg komen roven?'

'Misschien is die gerimpelde mecenas van je wel jaloers.'

'Ben je gek. Hij heeft me zelfs aangemoedigd.'

'Hij denkt zeker dat geilheid mijn spraakwater zal doen

vloeien,' zei ik lachend. 'Hij heeft te veel in de bijbel gelezen. Samson en Delilah.'

Ik omhelsde haar en kuste haar heftig. Ze stak haar tong tussen haar lippen vandaan.

'Wat heb je een lekker hard spits tongetje,' zei ik.

'Bijt er maar zachtjes in,' zei ze. 'Dat is mijn geheime plekje.'

'Ik denk dat jij nog wel meer geheime plekjes hebt om in te bijten.'

'Dat kan ik niet ontkennen,' zei ze hijgend. 'Jij weet hoe je een vrouw moet behandelen.'

'Weet je hoe ze dat noemen? Trekkebekken.'

'Dat klinkt niet erg lieflijk.'

'In mijn jeugd las ik dat bij Bilderdijk. Trekkebekken, zoals de geile mossen doen. Toen ik dat bij mijn eerste meisje uitprobeerde, duwde ze me van zich af en schreeuwde, "Vuile sadist!"'

'Je deed het misschien te hard.'

'Het brood was in die tijd erg taai,' zei ik lachend. 'Daar kreeg je een felle beet van.'

'Doe het dan nog maar eens,' zei ze en stak haar tongpuntje tussen haar lippen uit. 'Niet tot bloedens toe, graag.'

'Ik proef nog geen bloed.'

Ondertussen streelde ik haar borsten en wreef haar tepels hard. Ineens zag ik haar okselhaar een beetje naar buiten puilen. Ik deed haar arm omhoog en drukte mijn gezicht in het zijdezachte haar. Ik woelde er met mijn tong door. Er zat zand tussen dat zoutig smaakte.

'Ben je in zee geweest?'

'Ik zwem iedere dag. Meestal douche ik erna, maar dat is er vandaag niet van gekomen. Dan voel je een beetje kleverig aan.'

'Je smaakt heerlijk.'

'Ik voel me echt een delicatesse. Neem m'n tongetje nog maar eens tussen je tanden. Ja, zo heb je hem goed te pakken.'

Toen ik haar losliet vroeg ik, 'Wat vind je nou zo lekker als je bij je tong gepakt wordt?'

'Dat is moeilijk te omschrijven. Een gevoel of je tegen je wil en toch met je wil meegenomen wordt. Je denkt, hij sleurt me aan zich vast.'

Ik knielde bij haar neer, zoende haar navel en drukte mijn lippen tegen haar venusheuvel.

'Kind, wat heb jij een mooie kut. Eerst die welving en dan dat roze kerfje. Ik heb nog nooit zo'n mooie kut gezien.'

'Heb je dan zoveel kutten gezien,' vroeg ze hijgend.

'Vroeger, toen ik op de fotovakschool zat, hadden we wel eens een naaktmodel. Van die bossen haar alsof ze een kokosnoot gingen baren. En van die onsmakelijke kaalgeschoren oksels. Iets vies van rauw kippenvel.'

'Leg me maar neer,' fluisterde ze schor.

Ik trok het gehavende matras op de grond en ze ging erop liggen met haar handen achter haar hoofd, zodat ik het haar van haar oksels zag als twee duistere diertjes. Ik ging met mijn hoofd op haar buik liggen maar ze duwde het omlaag tussen haar dijen.

'Je moet je handen onder mijn billen doen en me een beetje omhoogdrukken. Dan kan je er beter bij.'

Ik voelde met mijn tong dat ze zich met haar vingers voor me openhield.

'Kind wat smaak je lekker naar de zee. Een sappige oester.'

'Straks klap ik mijn schelpjes dicht om je tong.'

'Mag ik in dat tongpuntje van je clitoris ook bijten,' vroeg ik.

'Niet echt bijten. Een beetje bijtzuigen. Ja, zo,' zei ze kreunend. 'Nou kom ik klaar.' Ze rekte zich uit met een lieflijke schreeuw, deed haar dijen uit elkaar en zei hees, 'Nou moet je erin komen.'

Hijgend omarmden we elkaar. Ik begroef mijn mond in haar okselhaar.

'Mag ik in je spuiten?'

Ze knikte heftig.

'Maar dan word je zwanger.'

'Maak me maar een kind,' zei ze. 'Als je klaarkomt bijt ik in je hals.'

Toen ik klaarkwam zette ze haar tanden in mijn hals, zo dierlijk, dat ik het uitschreeuwde van de pijn. Ik schoot overeind, veegde in mijn hals en liet haar mijn bebloede hand zien.

'Kijk nou eens wat je gedaan hebt.'

'Ik zal het wegzoenen,' zei ze en ging mijn hals uitlikken.

'Jij zal wel van stierengevechten houden. Deed je dat bij je vroegere minnaars ook?'

'Vroegere minnaars, had ik die nou? Dat verliest zich even in mijn vergeetachtigheid.'

'En je gerimpelde baas, waar je je voor vingerde?'

'Dat was gewoon een leuk perversiteitje. Iemand opwinden die alleen nog maar zijn ogen kan gebruiken.' Ze lachte een beetje en zei ineens, 'Even je lul vasthouden voor hij slap wordt. Was ik zo nat? Kijk, dat is opwindend, om de laatste druppels eruit te halen.'

Ze boog voorover en likte het sperma van mijn pik. Ze proefde en zei, 'Het smaakt niet eens zo slecht. Het is een soort onderspeeksel.'

'Je kan er in ieder geval niet zwanger van worden.'

'Weet je wat ik zo lekker en opwindend vond. Toen je in me kwam deed ik mijn onderlichaam omhoog zodat ik je kloten tegen mijn billen voelde komen bij iedere beweging. Ik dacht, die bijt ik er direct af.'

'Ik weet niet of ik dat nou zo opwindend zou vinden.'

Ze draaide zich naar me toe en vroeg, 'Mag ik ze vasthouden in mijn slaap?'

Ik bromde wat en ze deed haar hand eromheen. Het gaf me een prettig gevoel zoals ik in het veilige nest van haar handpalm zat. Even later hoorde ik haar zachtjes en tevreden snurken.

Ik richtte me op en keek naar haar gezicht. Wat een prachtige heks heb ik bij me. De wrede schoonheid. Ik vroeg me af of ik haar bij me zou kunnen houden. Het gaf me het gevoel dat ik dan het volmaakte zou hebben bereikt. Als ze uitademde bewogen haar lippen. Ik haalde mijn tong er zachtjes overheen. Toen deed ik het licht uit en viel zelf ook in slaap.

Toen ik wakker werd in de ochtendschemering die door de gore gordijnen naar binnen viel wilde ik werktuiglijk haar lichaam omhelzen. Ze was verdwenen. Het leek een droom waarin je als je ontwaakt alles verloren blijkt te hebben. Ik sprong op. Haar kleren waren verdwenen. De deur stond op een kier. Ik ging naar buiten in de hoop dat ze in het ochtendlicht stond te ontwaken. Haar fiets was er niet meer. Ik liep snel naar het keukenkastje. Mijn T-shirt lag ervoor op de vloer.

Ze was ervandoor gegaan met het pistool. Godverdomme, haar opmerkingsgave was groter dan mijn verbergingskunst.

Ik vroeg me af wat ze zou gaan doen, want het was het bewijs dat mijn verhaal niet klopte. Zou ze mij willen beschermen tegen haar baas en het pistool ergens weggooien of zou ze hem willen laten zien dat zijn bodyguard en beschermeling hem niet verlinkt had. Er was één mens met wie ik erover kon praten. Federici.

Toen ik mijn auto op de parkeerplaats van het hotel gezet had, liep ik naar de ingang. Hij had een ligstoel op het balkon gezet en zat daarin in een chique aandoende kamerjas. Hij was in slaap gevallen met een boek op zijn schoot. Ik wilde naar hem roepen, maar toen er op het balkon naast het zijne een vrouwspersoon verscheen met zo veel door de zon roodverbrand blubberig vlees in zo weinig textiel, liep ik het hotel in. Bij de receptie vroeg ik of ze de heer Federici voor me wilden bellen.

'Wie kan ik zeggen dat er is,' vroeg het meisje aan de balie, terwijl ze een knop indrukte.

'Zegt u maar dat de fotograaf er is.'

Toen er na enige tijd opgenomen werd, riep ze in de hoorn, 'Er is een fotograaf voor u.'

'Dé fotograaf,' zei ik nadrukkelijk.

Ze haalde haar schouders op en wees waar de lift was.

'Derde verdieping,' riep ze me achterna.

Toen ik uit de lift kwam stond hij in de opening van zijn deur. We begroetten elkaar op Italiaanse wijze.

Hij sloot de deur en liep naar het dressoir. 'Ik zie dat u wat te melden hebt, u ziet er enigszins bedrukt uit. Maar eerst gaan we koffie drinken. Ja, wat moet ik nou met zo'n mandje. Dit zijn staafjes en daar zou dan suiker in moeten zitten. Dit zijn van die enge bakjes die, als je het lipje opentrekt, een scheutje room op je kleding spuiten. Dit in cellofaan zou een koekje moeten wezen, maar lijkt eerder op geperste koemest. Het is voor het eerst dat ik dit gebruik. Ik loop altijd even naar de koffiebar.'

Ik pakte het boek op dat hij aan het lezen was toen hij in slaap moest zijn gevallen. Het was van Fuller. The Generalship of Alexander the Great.

'Bent u geïnteresseerd in Alexander de Grote,' vroeg ik.

'Bij mijn weten zijn er niet veel veldheren die Aristoteles als leermeester hadden. Wat ik een van de aardigste dingen van hem vind is dat hij sterk voor het gemengde huwelijk was. Hier is het nog steeds, twee geloven op één kussen, daar slaapt de duivel tussen. En nu gaan we koffie drinken. Het is me zelfs gelukt om zonder doopsel van koffieroom u een kop koffie te offreren.'

Hij zette de kopjes op een lage tafel en schoof er twee stoelen bij.

'We zullen ons maar in de schaduw ophouden, want op het balkon is het zelfs zo vroeg in de ochtend al niet te harden. Je wordt er levend gebraden. We stevenen recht op een hittegolf af.' We gingen zitten terwijl hij zei, 'En nu praten we nergens anders over dan over uw avonturen. Ik moet allereerst een bekentenis doen. Ik zag meteen dat uw verhaal niet klopte...'

'Want ik had een pistool op zak,' zei ik met een glimlach.

'Dat was nogal duidelijk zichtbaar in die dunne zomerkleding. Ik plaagde u een beetje, eigenlijk tegen mijn principe, door te dreigen mijn pistool bij u achter te laten. U weet nog van die western waarover ik u vertelde. Sommigen hebben er twee, maar één is genoeg. Ik vroeg me af of u hem knock-out had geslagen...'

'Ik probeerde hem te treiteren zodat hij kwaad en zenuwachtig zou worden. Hij reed zo hard met één hand aan het stuur terwijl hij met de andere het pistool tegen mijn ribben gedrukt hield dat ik tegen hem zei, "Als je mij nou dat pistool even geeft, dan kan je allebei je handen aan het stuur houden. Dat is een stuk veiliger." Toen gaf hij mij een venijnige klap met het wapen op mijn handen. Kijk maar. Het is nog rood en opgezwollen. Humor en criminaliteit schijnen niet samen te gaan. Maar ik merkte wel dat hij behoorlijk zenuwachtig begon te worden. Het was ook eigenlijk een knulletje van niks dat keihard over probeerde te komen. Toen we langs het duinmeer liepen ging ik de plaats voorbij waar de rugzak tussen de struiken verborgen lag, want ik wist dat het verderop nog onbegaanbaarder zou worden. Daar slofte je door het water waar wilgen uit groeiden alsof het een mangrovebos was. Ik duwde zo'n zware wilgentak opzij en hield hem vast alsof ik de doortocht voor hem vrijmaakte. Toen dook ik ineens naar beneden en liet de wilgenstam los. Hij zwiepte naar achteren. Toen ik overeind kwam lag hij op de grond. De stam was tegen zijn strot gekomen. Er zat een donkere plek. Zijn pistool lag naast hem. Ik voelde aan zijn halsslagader. Geen leven. Ik deed zijn ooglid omhoog. Zijn pupil was dood als glas. Ik dacht dat ik hem misschien zou kunnen redden door mond-op-mondbeademing. Ik deed zijn hemd open en schrok me rot. Hij had een litteken van zijn borstbeen tot de achterkant van zijn ribben. Hij moest nog niet zo lang geleden een hartoperatie hebben ondergaan. Het litteken zag er rood en bobbelig uit. Als de lellen van een kalkoense haan. Ik knoopte zijn hemd weer dicht, haalde de rugzak uit de struiken en deed hem die om. Toen schoof ik hem in het water. Hij zonk vrij snel. Er moeten tientallen kilo's van die rotzooi in de rugzak gezeten hebben.'

'Een sterk staaltje. Maar voor mij riekt het naar de waarheid. Wat er werkelijk gebeurd is.' Hij haalde zijn sigarettenetui uit zijn kamerjas en stak een sigaret op. Nadenkend volgde hij de rookslierten.

'En uw lieflijke vriendin, hoe heeft die zich erin gemengd. Want ze zal er door haar baas toch wel op uitgestuurd zijn om te weten te komen wat er zich heeft voorgedaan.'

'Toen ik gisteravond met mijn hoofd op mijn armen aan tafel zat, want ik had het gevoel of ik lamgeslagen was, hoorde ik dat er een fiets tegen het huisje werd gezet. Ik sprong op, pakte het pistool van die jongen dat ik onder het matras gestopt had, legde het op tafel en gooide er een T-shirt overheen. Toen Kathleen binnenkwam vertelde ik haar hetzelfde verhaal dat ik aanvankelijk ook aan u verteld heb. Ik weet niet of ze me geloofde, maar we zijn daarna heftig gaan vrijen.'

'Daar zien we de sporen nog van in uw hals.'

'Dat had ik wel nodig om het gezicht van die jongen te vergeten zoals het in het water wegzakte. Het was een zorgeloze vrolijke vrijage. Voor we gingen slapen had ik het pistool in het keukenkastje verstopt. Toen ik vanmorgen wakker werd was ze verdwenen. Ik liep naar buiten. Haar fiets was weg. Daarna keek ik in het keukenkastje. Het pistool was verdwenen.'

Federici begon te lachen en schudde zijn hoofd. 'U komt wel steeds een fase verder, maar de dreiging blijft onverminderd. Want ze weet nu dat u haar wat op de mouw gespeld hebt. Nu is de vraag wat ze gaat doen. Is ze zo gek op u dat ze hem uw verhaal vertelt of laat ze hem het pistool van zijn oogappel zien. That's the question. Die oude man doet of dit Sicilië is en hij de Godfather. En nu wil ik er geen woord meer aan vuil maken. Ik ga nog zo'n verrukkelijk kopje koffie voor ons brouwen. En dan gaan we over de kunst praten. Over de Sint Sebastiaan van Mantegna die meer pijlen in zijn lijf heeft dan baardharen op zijn gelaat.'

Toen ik bij Kathleen aanbelde, duurde het een hele tijd voordat er open werd gedaan. Ze verscheen boven aan de trap. Ze zag er ontdaan uit zodat ik bang was dat ze naar beneden zou vallen. Ik stormde de trap op en omhelsde haar. Het leek of ze de hele nacht had liggen huilen. De schittering was verdwenen.

'Wat is er gebeurd,' vroeg ik.

'Hij is dood,' stamelde ze.

'Je oude baas?'

Ze knikte en zei, terwijl ze zich uit mijn omarming losmaakte en op de rand van haar bed ging zitten, 'Toen ik afgelopen nacht bij hem kwam en vertelde dat zijn bodyguard er met de buit vandoor was, leek het wel of hij verschrompelde. Hij ging op de bank zitten met zijn gezicht in zijn handen. Een hele poos. Ineens stond hij op en zei, "Laat me je zien." Ik kleedde me uit en vingerde me voor hem. Hij keek me vreemd aan. Toen ik deed of ik klaarkwam, haalde hij een pistool uit zijn zak en richtte dat eerst op mij. Toen drukte hij de loop tegen zijn slaap en schoot zichzelf dood.'

'Je hebt toch niets aangeraakt?'

Ze schudde haar hoofd. 'Ik ben het huis uit gerend en als de bliksem weggefietst.'

'En dat pistool dat je bij me weggenomen hebt terwijl ik sliep?'

Ze glimlachte vaag. 'Dat zat gewoon in mijn rugzakje op mijn bagagedrager. Tot aan zijn boerderij heb ik in tweestrijd gestaan of ik hem dat zou laten zien. Er was niet mee geschoten, zoveel verstand heb ik nog wel van vuurwapens. Als ik hem dat gegeven had, had hij zich waarschijnlijk niet van kant gemaakt.'

'En zou je dat zo erg gevonden hebben?'

'Toch wel.'

'Weet je hoeveel slachtoffers drugs maken per jaar. En al die halfvergane junks die overal liggen weg te rotten. Daar is hij schatrijk aan geworden. Daar heb je toch ook toe bijgedragen.'

'Dat realiseer je je amper. Je vlindert wat rond. Je voelt je uit-verkoren als zo'n oude man met zoveel ervaring meer dan gewone aandacht aan je besteedt en je van tijd tot tijd wil zien.'

'Je vond het waarschijnlijk spannend om een beetje licht-zinnig met de onderwereld te flirten. Vooral tegenover die andere meiden achter de bar van Het Dorstige Hert.'

'Praat niet zo vaderlijk tegen mij. Je hebt toch ook behoorlijk staan liegen. Die verhalen van jou draaien iedereen dol. Want ik weet nog steeds niet hoe je aan het pistool van die jongen bent gekomen.'

'Dat ga ik dan nu onthullen.'

'Naar eer en geweten, hè.'

Ik keek haar aan en knikte. Ze ging er alweer een stuk beter uitzien.

'Toen ik die rugzak te voorschijn had gehaald deed hij hem meteen om. Ik was erop bedacht dat hij me neer zou schieten. Maar de grond is daar nogal glibberig door zeeklei en verrotte planten. Door dat zware gewicht op zijn rug verloor hij zijn evenwicht. Hij wilde zich vastgrijpen aan een stam, maar liet het pistool vlak voor mijn voeten vallen. Ik greep het en rende de duindoorns in. Ik volgde hem vanuit het struikgewas en zag hem met die man in de sportwagen wegrijden.'

'En dat moet ik geloven?'

'Dat is het enige dat er te geloven is. Zo is het gegaan. Maar waar heb jij dat pistool gelaten?'

'Toen ik bijna het dorp in reed dacht ik er pas aan. Ik heb het in een sloot gegooid. Dat kan geen kwaad meer doen, dacht ik.' Ze strekte zich uit op bed en zei, 'Kom even naast me liggen. Gewoon een beetje knuffelen. Troost me maar. Ik ben behoor-lijk overstuur.'

Ik ging naast haar liggen en sloeg mijn armen om haar heen. 'Het is wel net of je van mij vraagt om mijn sigaar in een kruitvat te doven.'

'Van Speyk,' zei ze.

'Dan liever de lucht in. Dat was ook een terrorist. Al die onschuldige mensen op de kade die in geschroeid vlees veranderden.'

'Wil je nou even ophouden met je geschiedenislessen. Ik voel dat je een stijve pik hebt.'

'Dat komt omdat je zo lekker warm bent.'

'Ik zal het nog warmer voor je maken. Sta eens op.'

We lieten ons van het bed rollen. Ze sloeg het dekbed open, kleedde zich uit en schoof eronder.

'Waar wacht je op. Ben je verlegen? Zo verlegen was je toch ook niet toen je op het naaktstrand bij me kwam zitten.'

'Toen hing alles er nog ordentelijk bij.' Ik kleedde me uit terwijl Kathleen een beetje spottend naar me bleef kijken.

'Komisch eigenlijk, een man met een erectie. Net of ze niet weten wat ze ermee aan moeten. Of ze ermee in hun maag zitten en hem zo gauw mogelijk ergens in weg zouden willen stoppen.' Ze lachte uitdagend.

'Dondersteen,' zei ik en kroop naast haar in bed.

'Niet meteen erin. Blijf er maar zo'n beetje mee tegen me aan liggen. Ja, precies daar. Vol verwachting.'

'Weet je wat we gaan doen,' zei ik. 'Jij gaat straks je koffer pakken en dan kom ik je morgen halen. We rijden naar mijn studio en laten alles achter ons. We vergeten het gewoon. Als we thuis zijn zeg ik dan tegen je, "Zou je niet eens koffie gaan zetten, schoonheid?" Lekker huiselijk kan ook opwindend zijn.'

'Wil je dan dat ik bij je kom wonen. Heb je dan wel een tweepersoonsbed?'

'Kind, je hebt er geen idee van wat ik allemaal heb. Ik heb nog een huis in Frankrijk ook. Aan de kust. Het is niet ver van Bayeux. Als we daar zijn gaan we naar het tapijt kijken. En jij gaat je studie geschiedenis afmaken. Ik wed dat je binnen een paar jaar je doctoraal hebt. En kinderen natuurlijk.'

'Kinderen,' zei ze. 'Eén vind ik genoeg.'

'Sommigen hebben er één, maar twee is pas voldoende.' Ik stikte bijna van het lachen.

'Wat zit je nou stom te lachen,' zei ze. 'Je erectie gaat er bijna van over. Kom er gauw in, want het loopt langs mijn billen van opwinding.'

Toen we uitgevreeën waren en vermoeid en verzadigd naar het plafond lagen te kijken, zei ik, 'Wat een verdomd gekke hokken zijn dit eigenlijk. Ik heb nog nooit in zo'n kale bedoening liggen neuken.'

'Het was maar voor een paar maanden. Ik had wel wat affiches bij me, maar ik heb niet eens de moeite genomen om ze op te hangen. Vroeger hingen de muren van mijn kamer vol met aantrekkelijke verschijningen. The Rolling Stones, David Bowie, Jacques Brel. Dan lag ik met mezelf te spelen en dan had ik ze maar voor het uitzoeken.'

Ze kroop over me heen uit bed en gaf ondertussen een klapje tegen mijn lul. 'Die houdt zich voorlopig koest,' zei ze guitig. 'Wil je wat drinken?' Ze liep naar de koelkast en opende die. 'Ik heb bier. . .'

'Ik drink nooit bier tenzij het Belgisch is.'

'Ik heb ook nog een halve fles Riesling.'

'Laten we daar maar een glas van nemen.'

Toen ze met de glazen naar me toe kwam lopen zag ik dat het sperma langs de binnenkant van haar dijen naar beneden liep.

'Zo krijg je nooit kinderen als je het niet binnenhoudt.'

'Ik sta wel te lekken als een mandje. Hier, houd mijn glas even vast.'

Ze liep de douche in en ik hoorde de kraan lopen. 'Je mag wel eens wat spaarzamer omgaan met dat kostelijke spul,' riep ze. 'Vandaag of morgen drijf ik gewoon weg. Het schuimt nog ook.'

'Ik zal een bordje op mijn rug hangen, Vrijen annex afwas.'

Ze kwam naast me op de bedrand zitten en ik gaf haar haar glas. We tinkelden even en het klonk alsof onze tanden tegen elkaar kwamen.

'Dit is een voortreffelijke Riesling,' zei ik. 'Die heb je toch niet hier op het eiland gekocht.'

'Hoe ik er aankom zal ik je maar niet verklappen,' zei ze. 'Maar van wijn had hij echt verstand.'

'En van drugs.'

Ze knikte en nam een slok wijn.

'Nou moeten we even praktisch worden,' zei ik. 'Die fiets, is die van jou?'

'Die heb ik hier verderop in de straat gehuurd.'

'Zorg dat je hem op tijd terugbrengt.'

'Zou ik nog naar Het Dorstige Hert moeten gaan. Anders ben ik ineens verdwenen en gaat iedereen zich afvragen of ik iets met de zelfmoord van de baas te maken heb.'

'Dat moet je zelf weten, daar ben je slim genoeg voor. Maar laat in godsnaam niet merken dat je er getuige van was.'

Hoofdschuddend mompelde ze, 'Hoe kan iemand dat nou doen voor je ogen.'

'Het kan zijn dat hij dacht, omdat hij eerst op jou richtte, ik ga dat blonde stuk leven doorboren met lood. Misschien omdat je dan het gevoel hebt dat je niet alleen gaat.'

'Vrij eng. Het lijkt misschien wel geil als je het in een boek leest, maar als het je in werkelijkheid overkomt, is het in één woord schokkend. Ik had nog nooit een dood mens gezien, laat staan iemand die onder je ogen er een eind aan maakt. En het vreemde was, toen hij op mij richtte, dat ik een soort ver- licht inzicht kreeg. Ik bleef onbewogen staan. Ik weet zeker dat als ik gegild had of in mijn angst naar hem toe gelopen was, hij op me geschoten had.'

'Waarschijnlijk wel.'

'Er is nog iets vreemds. Toen ik keihard naar huis fietste begon ik ineens verschrikkelijk te lachen. Ik kon niet meer ophouden en stikte er bijna in. De tranen rolden over mijn wangen.'

'Een bloedend hart, lacht vaak van smart,' declameerde ik.

'Dat is mooi gezegd.'

'Ik zal het voor je op een tegel laten zetten.'

'Jij kan ook het spotten niet laten.'

'Spotten is mijn business. Als je niet om al het menselijke gedoe kan spotten, ga je dood van melancholie en ergernis.'

Ze stond op van de bedrand en ik kon niet anders dan de

moeten van het dekbed in haar billen bewonderen. Ik trok haar naar me toe en zei, 'Ik zoen nog even je mooie lijf. Met die hitte ben je zo sappig als een perzik.'

'Zo is het wel genoeg,' zei ze. 'Het is veel te heet. Je zit gewoon mijn zweet op te likken. En ik moet m'n koffers gaan pakken.'

'Kan ik je erbij helpen?'

'Nee,' zei ze resoluut. 'Dan krijg je nog een hekel aan me als je al die geheime vrouwendingetjes moet inpakken.'

We kleedden ons aan en ze zei, 'Moet je eens kijken. Je kleren kleven aan je lijf. Als het van buiten je kwam, zou je regenkleding aan moeten doen.'

'Ik ga naar de supermarkt om de kopjes en glazen te vervangen die de een of andere woesteling in mijn luxueuze bungalow aan scherven heeft gegooid.'

Ze lachte enigszins verlegen, deed de deur voor me open en gaf me een kus en zei, 'Tot morgen.'

In de supermarkt bleef ik van een afstand kijken naar de kabelkrant. Het lijk van de oude man was nog niet gevonden. Toen ik kopjes en glazen had gekocht en naar buiten kwam dook de allochtoon uit de schaduw van het gebouw op en hield mij staande. Uit een plastic zakje haalde hij het blik met gehaktballen te voorschijn. 'Hier zit varkensvlees in. Dat kan ik niet eten. Kijkt u maar.' Hij hield zijn vinger bij de kleine lettertjes.

'Inderdaad. Ze hebben de lettertjes zo klein gedrukt dat zelfs Allah ze niet kan lezen, dachten ze. Maar Allah ziet alles.'

Hij knikte. 'Ik wilde het omruilen voor kip. Maar dat mocht niet omdat ik geen bon had. Dat zijn de voorschriften, zeiden ze. Eet u varkensvlees? Dan zou u het met mij kunnen ruilen voor kip.'

'Ik ben vegetariër. Tenminste een halve vegetariër. Ik eet alleen vis.'

'Als u mij nog eens iets wilt geven, kunt u beter geld geven.'

Ik gaf hem een tien eurobiljet en wilde hem een hand geven ten afscheid, maar hij omhelsde mij op een bijbelse manier, en zei, 'U bent een goed mens.'

'Soms valt dat mee en soms tegen,' mompelde ik terwijl ik

me uit zijn omhelzing bevrijdde en naar mijn auto liep. Een slimme snaak, dacht ik. Hij weet precies wie hij hebben moet. Misschien ook wel een compliment. Dat je niet zo'n aan de mammon verslaafde calvinistische rotkop hebt.

Op het zandpad naar mijn huisje stond de boer een beetje in de grond te lummelen met een schoffel. Ik stopte bij hem en zei dat ik morgen ging vertrekken en dat ik even af wilde rekenen.

'Ik dacht dat u nog een week zou blijven.'

'Ik moet ineens weg voor een opdracht die nogal haast heeft.'

'U moet wel het hele bedrag betalen, want voor een week raak ik het huis niet meer kwijt.'

'Dat lijkt me logisch,' zei ik en liep achter hem aan de boerderij in. Hij pakte een papiertje van een schaal op het buffet en legde dat voor me op tafel. Hij bood me een stoel aan en ik telde het bedrag uit.

'U zou eigenlijk de toeristenbelasting van die laatste week niet in rekening moeten brengen,' zei ik langs m'n neus weg.

'Daar beginnen we niet aan, de gemeente is nogal wantrouwend. Ze geloven nooit dat u een week eerder vertrokken bent.'

Ik knikte en stond op.

'U hebt de laatste dagen nogal wat bezoek gehad. Ook damesbezoek.'

'Dat had niet veel om het lijf,' zei ik. De letterlijke betekenis ontging hem gelukkig, anders had hij mij weer opgescheept met Sodom en Gomorra. 'Oude kennissen, die je even in je stilte op komen zoeken.' Ineens vroeg ik, 'Zou ik een foto van u mogen maken?'

Met toegeknepen ogen keek hij mij wantrouwend aan en vroeg, 'En waarom zou dat moeten gebeuren? Moeders mooiste ben ik niet.'

'Moeders mooiste fotografeer ik nooit,' loog ik. 'Maar ik heb overal in Nederland mensen in hun dagelijkse omgeving gefotografeerd, die karakteristiek zijn voor de landstreek waarin ze thuishoren. Van deze eilanden heb ik nog niemand.'

'Zou ik dan niet mijn zondagse jasje aan moeten doen?'

'Beslist niet. Het moet zo natuurlijk mogelijk. Als u die hooivork nou mee naar buiten neemt en voor de deuropening gaat staan, dan is het net of u de oude waarden van het eenvoudige landleven verdedigt. Ik ga even mijn fototoestel uit de auto halen.'

Toen ik met mijn fototoestel in de aanslag terugkwam stond hij, leunend op zijn hooivork, in de deuropening. Ik deed een paar stappen terug, want ik wilde zoveel mogelijk van de door de zeewind aangevreten ijsselsteentjes van de muur van de boerderij als omgeving. Ik drukte een paar keer af, zakte door mijn knieën en maakte nog een foto van onderaf. Ineens kwam er een kwaadaardige gedachte in me op door dat geniepige zuinige uiterlijk van hem. Dat ik zou zeggen, en nu nog een foto met je lul uit je broek. Hij zou me beslist met de hooivork dwars door de duinen tot aan de strandtent achtervolgen.

Ik klapte het schermpje voor hem uit en liet hem zijn gestalte zien. Hij scheen er nogal tevreden over te zijn en gaf me zelfs een stevige handdruk bij het afscheid. Ik zei dat ik de foto naar hem zou opsturen.

In het huisje zette ik eerst alle kopjes en glazen die ik in de supermarkt ter vervanging gekocht had op hun plaats. Ik was blij dat de bodyguard niet de discuswerper had uitgehangen en de borden op hun plaats in het keukenkastje had laten staan. Daarna zette ik de ligstoel buiten en ging zitten.

Er zat verandering in de lucht. De grootste hitte leek voorbij. Boven de duintoppen werd de lucht grijzig. Ik ging naar binnen, kleedde me uit en deed mijn boxershort aan. Toen liep ik door het duindal naar zee. Ik ging in de branding liggen zodat er steeds een golfje water over me heen spoelde. Het was doodstil. Er was niemand aanwezig. Misschien heel in de verte iets vaag kleurigs tegen het zand, maar je moest wel erg van Jongkind houden om dat te kunnen waarnemen. Als het water over de wond in mijn hals kwam waar Kathleen me had gebeten voelde ik het schrijnen. Ze was ervan geschrokken en was het zogenaamd gaan afzoenen, maar het had meer geleken op een tijgerin die haar prooi belikte. Geen erectie krijgen, dacht ik. Dat staat trouwens belachelijk in een natte broek. Je krijgt een complete tent voor je kruis hangen.

Ineens klonk er een donderend gerommel in de verte alsof er verhuizers op zolder bezig waren. Boven de horizon flitste de bliksem. Ik sprong op en rende voorovergebogen naar de duinen want ik wilde mijn leven niet als verhoutskoold lijk eindigen.

Toen ik thuiskwam roffelden de eerste regendruppels op het dak. Ik trok mijn broek uit en ging nog even in de regen staan om het zeewater van me af te spoelen. Ik ging naar binnen en droogde me genotvol af met een ruwe handdoek. Daarna sleepte ik het matras op de grond en ging liggen luisteren naar het noodweer. Als het zo nog even doorging met de neerkletterende regen, zouden alle sporen worden uitgewist. Zowel die langs het duinmeer als de sporen van de banden van de fiets van Kathleen op het landweggetje naar de boerderij van de oude man.

Ik stond op en keek door het raam. In de plassen tussen de luchtbellen leken kikkers van glas als razenden omhoog te springen. Er was een geruis als van een waterval. De duisternis was angstaanjagend. Ik liep naar buiten en ging met mijn armen van mijn lichaam af in de regen staan. Als ik had kunnen zingen, had ik gezongen. Een lied van Schubert uit Die schöne Müllerin. Daarom schreeuwde ik maar een paar keer. Verderop in de boerderij was het licht aangegaan. Angst voor Donar van een paar duizend jaar geleden. Dat had Bonifatius er zelfs niet uit gekregen. Toen zag ik de auto van Federici met groot licht het pad op komen rijden. Hij stopte vlak bij de deur en rende naar binnen.

'U staat romantisch te wezen,' riep hij vanuit de deuropening.

Druipend liep ik ook naar binnen. 'Het is opwekkend om van tijd tot tijd je lichaam door de elementen te laten geselen. Ik ben zo ook wel eens de sneeuw in gerend. Dat is helemaal een belevenis. Erna tintel je of je met vuur gevuld bent.'

Terwijl ik me afdroogde zei hij, 'U hebt toch ook geen mediterrane voorouders. U hebt onmiskenbaar klassieke trekken in uw lichaamsbouw. The old lady zou zeggen dat u op het timpaan van het Parthenon niet zou misstaan.'

'Ik voel me met de minuut goddelijker worden,' zei ik spottend.

'Ik kwam allerminst om u te vleien, maar om afscheid te nemen. Overmorgen vertrek ik.'

'Wat is dat jammer,' zei ik. 'Nou heb ik net nieuwe glazen gekocht maar ik heb geen druppel drank in huis.'

'Is het u niet opgevallen dat ik een plastic tasje bij me heb.'

'Jawel, maar ik dacht dat daar weer uw pistool in zat.'

'Een pistool draag je op je lichaam. Dit niet.'

Hij zette een fles malt whisky op tafel. Ik haalde twee glazen van het aanrecht en hij schonk ze halfvol.

Ik trok mijn kleren aan en we gingen aan tafel zitten. We stootten de glazen iets te mannelijk tegen elkaar zodat de drank omhoog spatte.

'Op ons beider toekomst,' zei hij. 'En op die van uw vriendin. Ik denk dat u me over haar nog wel het een en ander te melden hebt.'

'Als je niets meer over een vrouw te vertellen hebt, leef je in een sleur. Ze is een stofzuiger of een roos.'

Federici lachte vaag en zei, 'More matter, less art.'

'Het is nog maar een paar uur geleden dat ik gehoord heb wat er gebeurd is. Daarna ben ik hiernaartoe gegaan en brak het noodweer uit.'

'Bijna klassiek,' zei hij peinzend.

'Toen ze bij me weggeslopen was terwijl ik sliep, met dat onhandig verstopte pistool bij zich, is ze meteen naar de oude man gefietst. Ze vroeg zich af of ze hem het pistool van zijn beschermeling zou laten zien. Ze heeft uiteindelijk toch mijn verhaal geloofd en heeft het wapen in haar rugzak op de bagagedrager laten zitten. Toen ze zei dat hij er met de buit vandoor was, leek het net of hij nog meer verschrompelde. Trillend over zijn hele lichaam liet hij zich op de bank vallen. Zo bleef hij een hele tijd zitten, met zijn gezicht in zijn handen. Ineens stond hij op en zei tegen haar, "Laat je zien". Ze dacht dat hij even afgeleid wilde worden van de ellende, maar hij haalde een pistool te voorschijn en richtte dat op haar. Als bij een soort ingeving of verlichting hield ze zich volkomen stil alsof ze bevroren was. Een etalagepop van ijs. Zo bleven ze een hele poos staan. Toen bracht hij het pistool naar zijn slaap en schoot zich door het hoofd.'

Hoofdschuddend schonk Federici onze glazen weer halfvol. Terwijl we dronken, luisterden we naar het noodweer dat aan het afnemen was. Toen zei hij, 'Ze heeft toch niets aangeraakt.'

'Ze zegt dat ze meteen als een razende weggefietst is en dat ze onderweg het pistool in een sloot heeft gegooid.'

'Bent u daar zeker van en van alles wat ze u verteld heeft. Vrouwen worden altijd misbruikt in de misdaad.'

'Toen ik haar daarnet opzocht was ze erg overstuur. Ik heb haar getroost, tot in het bed aan toe. Wat geen straf was, moet ik eerlijk bekennen.'

'Ze heeft u toch niet weer te pakken gehad, die verwonding in uw hals blijft venijnig vurig. Het lijkt wel of u daar een klap hebt gehad met het een of andere voorwerp, of dat u ternauwernood de Karpaten ontvlucht bent.'

'Zo erg is het toch ook weer niet.'

'Het zou voor mij wel een reden zijn om een coltrui aan te trekken. Al zou het op mijn leeftijd ook nog wel iets hebben om trots op te zijn. Ik mag dan behoorlijk grijs zijn, maar kijk eens hoe hartstochtelijk ik nog bemind word.'

Hij spoelde zijn triomfantelijke lach weg met een forse slok whisky. 'Maar ik ben toch wel tevreden dat zulke toestanden voor mij een gepasseerd station zijn, zoals men dat tegenwoordig noemt. Ik leef van illusies en herinneringen. Dat is veilig schuilen tegen de plompheid van het dagelijks leven. En de troost van de kunst, weet u wel. Afgelopen herfst had ik ineens behoefte om de Nikè van Samothrace te zien. Dan neem ik de Thalys en sta luttele uren later onder aan de marmeren trappen in het Louvre te staren naar die verheven vrouwengestalte die als een vlinder uit haar pop verrijst. Ik word dan ook weer overvallen door een diepe melancholie. Dat alles op den duur zal verdwijnen. Het Parthenon zal veranderen in een door de elementen afgekloven stuk suikergoed, de doeken van Vermeer zullen tot stof vergruizen. Ik zou dan wel van de aarde weg willen flitsen om ergens in de ruimte alles in stand te houden met mijn herinneringen. Misschien komt daar wel het verlangen naar een hemel vandaan. Daar zou ik de paus nou wel eens over aan de tand willen voelen.'

Hij glimlachte, stak een sigaret op en keek nadenkend in zijn glas.

'Ik zit te denken over de zelfmoord van die oude baas. Hij was natuurlijk maar een doorgeefluik. Anders zit je niet op zo'n klein eiland. En als je als zetbaas voor vele miljoenen aan drugs laat verdwijnen, dan komen ze je opzoeken. Dan krijg je die zogenaamde afrekening in het criminele circuit. Om die vernedering te ontlopen heeft hij de hand aan zichzelf geslagen, want zelfmoord is een afrekening met jezelf. En je kan niets meer uit iemand krijgen. Je zwijgt voorgoed als het graf. Maar waar praten we over. U moet Kathleen maar op haar woord geloven. Misschien is die oude man nog springlevend, als hij dat al ooit geweest is. En dan vindt u morgen geen stralende geliefde maar een paar van die breedgeschouderde knullen met wie niet te spotten valt.'

'Kathleen gaat morgen met me mee. Daar ben ik heilig van overtuigd.'

'U kent toch wel het gezegde dat liefde blind is?'

'Toen ik daarnet bij haar wegging, ging ze meteen haar koffer pakken.'

'En hebt u gezien wat er in die koffer zat? Misschien wel het pistool van die knul.'

'Als ze me zo zou bedriegen mogen ze me doodschieten. Dan wordt het leven waardeloos voor me.'

'Ik moet zeggen dat ik het wel aandoenlijk vind, dat vertrouwen. Ik kan niet anders dan vurig hopen dat u gelijk hebt.'

Ik kon maar moeilijk in slaap komen nadat Federici vertrokken was. Steeds ontwaakte ik uit een halfdroom waarin ik de gruwelijkste beelden had gezien. Kathleen bloedend vastgebonden op haar bed en twee louche individuen die met getrokken pistool me stonden op te wachten. Ik hoorde Federici roepen, 'Niet naar boven gaan!' Ineens stond hij naast me met zijn pistool in de hand en liep geruisloos de trap op naar Kathleens kamer. Er klonken schoten. Toen verscheen Federici boven aan de trap en riep, 'Eindelijk heb ik weer een erectie!' Toen viel hij dood het trapgat in en gleed langs me heen naar beneden. Ik rende naar boven. De twee criminelen lagen dood op de grond. Ik boog me over Kathleen heen. Ze hadden haar vastgebonden met haar knieën opgetrokken. Over haar hele lichaam zat bloed. Het leek wel of ze met messen in haar vlees gekerfd hadden. Ik trok de prop uit haar mond. Haar tong was blauw.

Ik sprong op van het matras en rende naar buiten. Het noodweer deinde nog wat uit. Waar een opening ontstond tussen de voortjagende flarden wolken schenen heldere sterren. Terwijl ik naar zee liep was ik nog bezig met die droom. Ik schoof een clivia van een plantentafel en sloeg daarmee met al mijn woede en kracht op de hoofden van de criminelen. Ik beukte hun schedels aan bloederige scherven en stampte hun hersens het vloerkleed in.

'Ophouden,' mompelde ik. 'Stop it. Straks word je gek van je eigen fantasie.'

Ik ging aan de voet van de duinen in een holte in het zand zitten. De zee was nog een kolkende massa. Duistere waterwezens die het land wilden bestormen. Er schoten grote vlokken schuim langs het strand, voortgedreven door de wind. Meeuwen vlogen als wasgoed laag over het water.

Ik werd wakker van het rillen van mijn lichaam. De opkomende zon verspreidde een onheilspellend licht over de duinen. Verstijfd stond ik op en liep terug naar het huisje. Overal lagen afgerukte bladeren in de plassen.

Binnen kleedde ik me uit en ging onder de douche staan. Het water liet ik zo heet mogelijk over me heen stromen. Tot ik het niet meer uithield omdat ik dacht dat ik op een gekookte kreeft ging lijken en me ook zo begon te voelen. Ik deed de douche uit en droogde me af. Ik was inderdaad nogal rood aangelopen.

'Nu iets dat enigszins jong en feestelijk afkleedt,' zei ik spotlachend.

Ik haalde een fraai blauw T-shirt en een houtskoolkleurige Zweedse broek te voorschijn die ik speciaal voor mijn terugkeer in de bewoonde wereld had meegenomen. Toen ik aangekleed was had ik niet veel aan de spiegel boven het fonteintje, maar ik wist dat ik er perfect uitzag. Ik keek nog even of ik me scheren moest.

'Nee, zo'n donkere schaduw van een beginnende baardgroei wordt tegenwoordig mannelijk gevonden,' zei ik met een grijns.

Ik reed de terreinwagen onder het afdak vandaan en gooide mijn tassen op de achterbank. Er lagen nog plassen op het pad die blonken in de zon die al weer stekend warm begon te worden. Door het ruisen van de zee had ik ineens zin om die eindeloze watermassa nog even te gaan fotograferen. Ik haalde mijn fototoestel uit een van de tassen op de achterbank. Daarna liep ik tegen het duin op. Ik voelde me vreemd, want ik had me nog nooit in zulke perfecte kleding in de natuur opgehouden. Toen ik het dal in liep dat drassig was van de regen, zag ik dat de afdruk van geplette planten verdwenen was. Ze hadden zich allemaal weer opgericht. Over het hoge duin daalde ik af naar zee. Een zwerm bontbekplevieren trippelde langs de branding. Ik bekeek ze even door de telelens, maar als je die watervlugge vogels zou willen fotograferen zou je ze eerst op moeten zetten. Daarna richtte ik mijn fototoestel op de zee, maar ik drukte niet af. Het was een saai gelijkmatig stuk golfslag. Ik wist wat eraan ontbrak. Een Venus die op een schelp door de wind naar de kust gedreven wordt. Ik bleef even staan kijken alsof er een wonder zou kunnen gebeuren. Maar de natuur gebruikt geen wonderen. Zonder je fantasie is het een geestloos gebeuren. Ik liep terug naar het huisje, maakte een kop koffie en probeerde zo rustig mogelijk te blijven zitten tot het tijd was om Kathleen op te halen.

Het was net of ik weer in de droom van afgelopen nacht verzeild raakte, want toen ik de dorpsstraat in reed stond de auto van Federici voor de textielwinkel waarboven Kathleen huisde. Hijzelf hing met nonchalante gratie tegen het geopende portier. Ik stopte achter hem en terwijl ik naar hem toe liep zag ik dat Kathleen haar koffer al buiten had gezet.

'U krijgt warempel gelijk,' zei hij. 'Ze is even naar de drogist gerend.'

'U kwam hier toch niet om mij in geval van nood bij te staan? Ik keek al of ik geen verdachte plooien in uw kleding kon ontdekken.'

'Ik houd altijd wel een oogje in het zeil. Dat is mijn natuur. Maar ik kwam u eigenlijk mijn kaartje brengen. Ik bedacht ineens dat u niet weet waar u die foto heen moet sturen die u mij beloofd hebt.'

Hij gaf mij het kaartje waarop zijn adres en telefoonnummer stonden en in sierlijke letters 'Job Federici'. Ik stak het bij me en zei dat ik de foto's zo gauw mogelijk zou opsturen of dat ik ze misschien wel kwam brengen.

'Dat zou ik bijzonder aangenaam vinden. In dat geval zal ik u feestelijk ontvangen. Maar voordat ik u alleen laat met uw pril geluk moet ik u toch nog iets melden. Zoals zo vaak zat ik gisterenavond nog even in mijn aantekeningen te bladeren van jaren her. Toen las ik, "Het Britse Imperium is nu wel voorgoed voorbij. Ze hebben die mooie flessen met Rose's Lime Juice waar zo'n aangenaam bas-reliëf in glas op zat van rozen uit de handel genomen en er vierkantige plastic flessen voor in de plaats gebracht. Ze staan bij tientallen in de schappen van de supermarkt. Het is nu net of je je gin aanlengt met urine."' Hij keek mij even hoofdschuddend aan en vervolgde, 'Dat is niemand opgevallen. Als je die schijnbaar onbeduidende dingen noteert kan je het maatschappelijk verval op de voet volgen. Maar nu neem ik afscheid want ik zie uw geliefde in de verte aankomen.' Hij omhelsde me innig en ik dacht dat er iets als een gesmoorde snik klonk. 'Het ga jullie allebei goed.'

Hij schoof achter het stuur en reed weg.

Ik zette de koffer op de achterbank van mijn auto.

'Ik moest nog even tampons kopen,' zei Kathleen hijgend.

Ik knuffelde haar tegen me aan en zei, 'Dat wordt dus een bloedbruiloft.'

'In godsnaam geen jaartal,' riep ze.

Lachend stapten we in en reden weg.

'We hebben nog een hele tocht voor de boeg,' zei ik.

'Het is toch alleen de Afsluitdijk af en dan over Hoorn naar Amsterdam.'

'We gaan veertien dagen met vakantie naar mijn studio in Frankrijk. Iedere dag in de Atlantische Oceaan zwemmen.'

Ze drukte zich tegen mij aan en zei, 'Spannend.'

'Wittebroodsweken noemen ze dat.'

'Je wilt toch niet trouwen.'

'Als een vrouw een man zijn kloten een hele nacht in haar hand houdt, dan hoef je niet meer te trouwen. Dan ben je al getrouwd.'

'Is dat zo?'

'Tenzij ze halverwege de nacht dat warme lichaamsdeel verruilt voor iets kils van metaal dat de vorm van een pistool zou kunnen hebben.'

'Je mag me niet meer pesten met het verleden. We hebben elkaar pas ontmoet. Ik ben toch een liftster die je net hebt meegenomen.'

'Dat was ik even vergeten.'

We sloten ons aan bij de rij auto's die op de boot stonden te wachten.

'Jammer dat ik geen kanarie heb,' zei ik half in gedachten.

'Heb je aan mij niet genoeg.'

'Als ik een kanarie had zou ik schelpenzand in huis hebben. Dan zou ik het op de vloer van mijn studio uitstrooien en je vragen of je je er naakt in wil wentelen. Dan ging ik foto's van je maken zoals ik je de eerste keer gezien heb. Met dat zilverige zand op je lichaam.'

'Als we in Frankrijk zijn ga ik een grote zak schelpenzand voor je kopen. Wat is schelpenzand in het Frans?'

'Sable coquilleux.'

Ze herhaalde het nog eens zacht voor zichzelf en zei, 'Ik zal het onthouden.'

Toen we op de boot waren zei ze, 'Ik heb ook nog iets voor jou van de drogist meegenomen.'

'Toch geen condooms.'

Ze haalde een pakje pleisters uit haar tas en zei bevelend, 'Kin omhoog! Kijk, zo zie je er niets meer van. Een lekker vleeskleurtje. Je bent voor het oog weer helemaal gaaf. En het is nog ontsmettend ook. Zullen we even over de reling gaan hangen?'

Ik meanderde tussen de auto's op het autodek door naar de reling. Ze kwam naast me staan. Ik zag dat ze een plastic pakje in haar hand had.

'Dit mag je voor mij in de golven laten verdwijnen,' zei ze.

'Je voelt wel wat het is. Het is mijn laatste geheim.'

Ik pakte het van haar aan. Ik voelde dat het het pistool was. Ik liet het los. Meeuwen doken erachteraan, maar het was al in de golven verdwenen.

'Jíj hebt ook nog een geheim,' zei ze met afgewend gezicht.

Ik knikte. 'Dat komt later. Je hebt al zoveel meegemaakt de laatste tijd. Eén dode is voorlopig genoeg.'

— * —